K. E. Adamus

Nieudacznicy

Opowiadania

161 Days

Kronikarz

Och, jakże wymagający pan mój jest! Nie dość, że pisać kroniki muszę, to jeszcze w błazna przemieniać się trzeba wieczorami. Rubaszne żarty rymami sypać jak z rękawa. Im bardziej sprośne, tym goście bardziej weseli.

Ach, ci goście! Gdyby nie zbroje i ichnie kaski, toby zapewne rozum im uciekł hen! aż za pola naszego miasteczka. Kuksańce często zbieram, a czasem i oferty usłyszę bynajmniej nie skromne, zawżdy wtedy, gdy ubiór kobiecy nakładam. Boga się nie boją!

Zamczysko pana ponure jest. Już bym dawno zmarł z udręki, gdyby nie ma miła Hermenegilda. Pana siostry służebna to niemiecka, w jasyr pojmana. Twarz jej pospolita, jaśnieje ino na mój widok. Ach! Czemuż tak mało tych stronic wykradłem, nie starczy miejsca, by opisać wdzięk tej panny.

Zimne wiatry przyszły wcześniej tego roku. Słońca nie widzieliśmy już trzy tygodnie. Zgromadziły się kruki i wrony na polach. Zły to omen. Nie starcza mi rozumu już na wymyślanie wierszy. Powtarzam podobne piosnki, gdy panowie pijani już są, lecz zmylić ich ucha nie mogę. Jakiż mój los będzie, gdy w niełaskę popadnę? Hermenegilda na pomoc mojemu rozumowi z traszek skórki wyprawia i eliksir sprawiać zamierza. Lecz wrogów na zamku ma wielu, wśród nich Jagusia, co eliksir młodości uzyskać chciała.

Pierwsze płomyki liznęły stos, a ja myślałem, że me serce pęknie. Hermenegildo, cóżeś ty uczyniła? Blada jej twarz. Spogląda na mnie swoimi jasnymi oczyma.

— Rymy zapodaj, błaźnie! — żąda pan mój. — A rychło! Mężczyzną nie czując się wcale, wiersz smutny na cześć mej Hermenegildy utworzyć pragnę, lecz miecze panów blisko, a dymu zapach przypomina mi, że śmiertelnikiem tylko jestem. Płonie ma Hermenegilda! Panowie i panie podśmiewają się z moich zwrotek, a mej pięknej czarownicy serce pęka. Odzieram ją z godności, śmieję z jej szpetoty i zguby.

„Czarownica miłości chciała

W ogniu stosu się rozkochała"

Deklamuję te i inne zwrotki. Swąd palonego ciała przywołał czarne ptaszyska. Czekają na swoją ucztę. Możni śmieją się do rozpuku. A mnie smutno i łzy powstrzymuję.

„Ten, kto zdradził czarne serce,

Czarnym piórem swe ręce ozdobi.

A gdy po piórach krew z rany spłynie,

Ludzka postać w niebyt odejdzie,

Zapłacze za mną na koniec,

Gdy noc jego dniem się stanie"

Zaśpiewała ma Hermenegilda. Ciżba zamarła w bezruchu. Panie zawarły swe możne gęby ze strachu, panowie za miecze chwycili.

— Zarazo podła, nie będziesz nas straszyć! — krzyknął brat pana i rzucił mieczem w mą ukochaną.

Broń przeszyła ciało Hermenegildy. Skonała w podwójnych mękach, od ognia i miecza rany. Rozbiegli się wszyscy śpiesznie, a ja przez pana przyzwany, kolejne zwrotki czary ośmieszające wymyślać musiałem. Dodatkowe strony do kroniki dostałem, aby opisać w nim brawurę mego pana w starciu z siłami nieczystymi. O jego wielkiej odwadze właśnie pisałem, gdy nagle czarnego coś mignęło mi w oczach.

Patrzę, a tu piórzyska czarne z mych rak wyrastają. Nie minęło czasu wiele, w czarnego ptaka się zamieniłem. Myśli własne, ciało obce.

Wystraszony wielce, że ktoś ujrzy mnie w takim stanie, przez okno sfrunąłem na dach zamczyska. I tak już mija księżyców wiele, jak w czarne ptaszysko zamieniam się, gdy biorę gęsie pióro do ręki. Kronikę pisać muszę codziennie.

Odwaga pana tam pięknie opisana jest, a mnie za każdym razem straszno się robi, co z całej tej tragedyji wyniknie. Śmierci się nie boję, ale mą Hermenegildę chciałbym jeszcze ujrzeć. I gdzież ona się teraz podziewa, w których zaświatach jej dusza się plącze? Chciałbym wyjaśnić jej brak mego męstwa, lecz jeszcze wymówki żem nie znalazł. W czarne ptaszysko zmieniam się na wypalenia pół świecy czas.

Krążę ponad zamkiem, a inne ptaszyska czując obcą krew, rzucają się na mnie. Znikam szybko w mej komnacie zanim mnie dopadną, lecz strach potężny mnie prześladuje, czy nikt nie ujrzy mnie w stanie takim.

Miłość do czarownicy przeklętą jest. Serce me jeszcze bije dla niej, ale dlaczegóż miałbym wierny jej pozostać? Ślubu nie braliśmy, gdyż woda święcona wypaliłaby jej skórę.

Och, ma Hermenegildo, dlaczegóż duszę diabłu oddałaś? A Jagusia piękniejszą coraz mi się wydaje. Oczy jej niczym zieleń liści, skrzą się do mnie, gdy zaśmiewa się z mych komedyji. Włosy jej czarne i w lokach. Często w ptaka przemieniony siadam w oknie jej komnaty, gdy sukno obszywa i inne kobiece prace wykonuje. Niewinnie ma luba wygląda.

Przeklinam czary Hermenegildy. Piętnem swej namiętności naznaczyła mnie na wieczność pewnie całą. Co mnie otumaniło, aby z czarownicą miłosne igraszki wyczyniać? Czar i urok zapewne rzuciła na mnie diabelny, niech scześnie w piekle. W niełaskę pana zapewne popadłem. Kazał sczytać mi swą chwałę z kart kroniki i niezadowolony po komnatach kroczy. Pomysł Hermenegildy w pamięci przywołałem i lękam się go wykonać. W jej zamyśle opis pana ze smokami walczącego zawrzeć w kroniki stronach powinienem. Lecz czyż to bluźnierstwem nie będzie? A może i o czary posądzą?

Coraz sprytniejsze wiersze wymyślam nocami i następnego dnia na uczcie deklamuję. Na dworskie życie czasu mi brakuje. Ale jestem na bieżąco z jego historią. Jako czarne ptaszysko siadam na oknach i wsłuchuję się w ludzkie rozmowy. Sam człowiekiem już zapewne nie będąc. Bądź przeklęta, Hermenegildo, i bądź przeklęte twe diable serce. Czemuś mi to uczyniła? Bóg uczynił cię niewiastą łagodną, diabeł mściwą. Wiersze me nudnymi się już panom wydają. Rzadko śmiech już wywołać zdołam.

A raz upił mnie pan mój, z błazna chcąc się naśmiewać, zamiast z jego wierszy. Gdy umysł mój otumaniony był, groźne historie o czarnych ptaszyskach opowiadać zacząłem, aż bukłakami obsypan zostałem i guzów wiele naliczyłem. Odesłano mnie do mojej komnaty. Za pióro chwyciłem, chcąc w kronice prawdę o panu ukazać i jego herb zajęczego serca. Wnet w ptaszysko się zamieniłem. Krew, czy to ludzka czy z sił nieczystych, buzowała mi w głowie. Do okna Jagusi podleciałem. A ona tam z panem dokazuje! Ręce jego w lokach i po kibici jej błądzą. Krakanie straszne z mej gardzieli się wydobyło. Pan zląkł się, jak to on, a przy tym nasłuchawszy się moich opowieści o czarnych ptakach zgubę przynoszących.

Już cały dwór na mnie poluje, a odlecieć dalej się boję, gdyż niedługo pół świecy dopali się. Strzała brata mojego pana, tego samego, co Hermenegildę mieczem ugodził, trafiła mnie w lewe skrzydło. Zniknąłem za basztą i ledwo ledwo do komnaty mej dole- ciałem. Teraz siedzę z poranionym skrzydłem. Początkowo lękiem przejmowała mnie myśl, co będzie, gdy w człowieka zamieniony, ranę będę mieć na lewej ręce. Lecz świeca już gaśnie prawie, a ja złość czarownicy odkrywam właśnie.

„A gdy po piórach krew z rany spłynie,
Ludzka postać w niebyt odejdzie".

O przeklęty mój losie, nieszczęsnego kronikarza. Cudzą chwałę opisywać musiałem, w cudzych komnatach mieszkać. Lecz człowiekiem było mi dane być. Diabelska czarownica klątwę rzuciwszy, na stałe mnie teraz w kruka zamieniła. I podły mój los, jak i jej był. Drzwi komnaty rozwierają się. To przyboczny pana mojego do rozrywki wieczornej mnie wzywać przyszedł. Żegna się na mój widok. Świeca już dawno tli się, nie doczekam już ludzkiej postaci. Nie bacząc na ranne skrzydło, wzbijam się w powietrze i odfruwam przez okno. Inne czarne ptaki śpią, bo noc już czarna zapadła. Lecę jak najdalej od zamczyska, przeklinając brata pana mojego. A może gdyby mieczem służebnej dziewki nie ugodził, kolejną zwrotkę by zapodała, jak z opałów wywinąć się powinienem. Bo nie była zła, ta moja Hermenegilda.

Dzień w rozmiarze XXL

Mimo braku współpracy ze strony gburowatej recepcjonistki, Ninie udało się zapisać do centrum sportowego przed godziną 11:00. Zaczęła przeglądać rozpiskę zajęć. O tej porze zaczynały się zajęcia o tajemniczej nazwie „spin". To pewnie jakiś aerobik. Sądząc po nazwie, zapewne dość wymagający i z szybkimi sekwencjami ruchów. Tym lepiej. Spali więcej kalorii.

W drugiej sali był „bootcamp", ale to na pewno nie było na jej mizerne możliwości. Odszukała budynek, gdzie miała się pocić i męczyć. Pamiętna domowych treningów zastanawiała się, czy da radę ćwiczyć przez całą godzinę. Recepcjonistka w budynku leniwym ruchem przeskanowała jej nowiutką kartę członkostwa.

— Masz szczęście — powiedziała. — Mamy już tylko dwa ostatnie miejsca na zajęcia. Najlepiej zapisywać się z dwutygodniowym wyprzedzeniem.

„Wszędzie ten wyścig szczurów!" — pomyślała Nina, a głośno powiedziała:

— Postaram się.

— To może zapiszesz się od razu?

— Jeszcze nie wiem, jak pracuję.

— Zawsze możesz nam dać znać, jakbyś nie mogła ćwiczyć.

W ten sposób Nina zapisała się na „spin" na dwa nadchodzące tygodnie. Salę nietrudno było znaleźć. Słychać z niej było głośną muzykę o szybkim tempie. Ci, którzy odważyli się na zajęcia przy takich rytmach na pewno dostawali niezły wycisk. W korytarzu przed salą tłoczyły się pod jedną ścianą zarówno kobiety, jak i mężczyźni, zostawiając połowę korytarza wolną. Nina rzuciła w powietrze „Cześć", ale nikt nie odpowiedział, tylko najbliższa niej kobieta uśmiechnęła się, ale szybko jakby zapomniała, że miała jakikolwiek powód do uśmiechu i pogrążyła się w rozmyślaniach. „Pewnie myśli co zje na kolację!" — pomyślała Nina. Tylko trzy osoby ze sobą rozmawiały, komentując brudne buty sportowe jednej z nich.

— Błoto było! — tłumaczyła się posiadaczka brudnego obuwia.

— Gdzie? — zdziwiła się jej rozmówczyni. — Przecież padało trzy dni temu...

Nina spojrzała na swoje rozdeptane obuwie. Buty te miały już rok i zaczęły się lekko przecierać nad dużymi palcami. No i reszta odzieży na Ninie też nie prezentowała się dobrze, w porównaniu z innymi. Założyła stare, szare i luźne (jeszcze) dresy, a na to granatowy podkoszulek z Primarku. Przecież się spoci. Po co miałaby zakładać lepszą koszulkę? To chyba zrozumiałe, że założyła byle jakie ubranie.

Inni mieli na sobie firmowe ciuchy, których jeden komplet kosztował pewnie jedną czwartą jej wypłaty. Ale przecież Daria też nosiła firmowe ciuchy. Przy jej niskim kieszonkowym na pewno musiał istnieć jakiś sposób na ich tańsze zdobycie. Będzie musiała córkę o to zapytać. Czekając na zajęcia Nina poczuła napływ adrenaliny i odezwały się wspomnienia z dawnych treningów. Zajęcia judo z pierwszego roku studiów. Była nawet niezła, dopóki nie nabawiła się kontuzji kolana w górach, podnosząc ciężki plecak.

Przed zajęciami też panowała taka atmosfera. Elektryczne prądy w powietrzu. Lekka nerwowość uczestników treningu — nie stali przecież w kolejce do kasy, tylko czekali na wycisk. Nina przypomniała sobie, jak zawsze dobrze sobie radziła i optymistycznie wkroczyła wraz z innymi do sali.

Pomieszczenie nie było duże. Dwie przeciwległe ściany były wyłożone lustrami. Nina spojrzała na swoje odbicie. O kurczę! To aż tak gruba jest? Coś musi być nie tak z tymi lustrami. Przecież nawet w wystawach sklepowych wyglądała korzystniej. Może odda swoje ukochane, „wyszczuplające", lustro Darii i kupi sobie takie oddające prawdę? Wszyscy zaczęli ustawiać w rzędach rowerki, stłoczone pod jedną ze ścian.

Nina lubiła rowerek na siłowni, lubiła też zwykły rower, chociaż ostatni raz jechała na nim jakieś dziesięć lat temu... Ale zajęcia z rowerkami? Widziała kiedyś filmik, mrożący krew w żyłach zastanego lenia. Trener dawał na nim wycisk rowerkowcom. To wyglądało na czysty ból, pot, ale czy łzy? Nie, na pewno się nie rozpłacze. Bez przekonania wyciągnęła rower, ale pomyślała o swoich biednych kolanach, które przeżyły kilka urazów. Nie było szans, aby mogła wytrzymać tempo. Co robić? Rozejrzała się.

Wszyscy z ożywieniem taszczyli swoje rowerki. Nina odstawiła szybko rowerek na jego miejsce i uciekła z sali. Do późnego wieczoru prześladowało ją spojrzenie faceta, który obserwował jej wysiłki odstawiania rowerku. No i mina recepcjonistki... Cóż. Wyśle im później maila i odwoła wszystkie zajęcia. Taka sromotna ucieczka nie dodawała otuchy. Ciężko jest mieć słaby charakter i wymówki o słabych kolanach tego nie zmienią. Ale suma summarum nie było tak źle.

Poszła na siłownię i swoim żółwim tempem ćwiczyła tam przez czterdzieści minut.

Przeklinała siebie też w duchu, że zaznaczyła w formularzu, że wie, jak używać maszyn. Te dziwne konstrukcje z pewnością wróżyły jej złowrogą sławę na YouTube, gdyby ktoś podpatrzył i sfilmował, jak się zabiera do ich użytkowania. Na wszelki wypadek używała tych, które wyglądały w miarę prosto, chociaż, aby mieć większą pewność, uważnie studiowała umieszczone na maszynach rysunki.

„Dzień diety zaliczony, czy dzień diety niezaliczony? — dwie godziny później Nina gryzła długopis, przyniesiony z recepcji, wpatrując się w swój kalendarz. W myślach odtwarzała słowa Ludmiły — śledzenie wyników pomaga w osiąganiu celu. No dobrze. Do połowy dnia zjadła tylko 600 kalorii, a później pół pizzy. Czyli jakieś 1600 kalorii. Razem 2200? Sięgnęła po kalkulator. To jakaś porażka. Nie potrafi policzyć tak prostego równania. A kiedyś miała czwórkę z matematyki na maturze. Może to tłuszcz spowalnia myślenie? A może jej mózg sabotuje śledzenie wyników i odciąga jej tok rozumowania w inną stronę, aby tak dużo nie myślała o swoim dzisiejszym wykroczeniu? Limit kalorii wyznaczony przez dietetyczkę wynosił 1500 kalorii. Czyli tylko 700 kalorii nadwyżki. Była na siłowni i spaliła około 300 kalorii. Pozostawało 400. Łącznie wychodziło po spaleniu 1900. Czyli normalna dawka kalorii dla ciężko pracującej kobiety. Niby miała pracę siedzącą. Ale to ciężka praca. Bardzo ciężka. Więc zaliczyć, czy nie zaliczyć?

„Nie oszukuj!" — skarciła się w myślach i postawiła czerwonym żelpenem duży minus na dole strony kalendarza, przy słowach „przestrzeganie diety".

Nina wyobraziła sobie szum wlewanej do szklanki coca — coli. Miliardy bąbelków, stukot kostek lodu. Z obrzydzeniem pociągnęła kolejny łyk wody. Kto wymyślił, że ten płyn jest zdrowy? Toż to ani smaku, ani koloru nie ma. Dietetyczka mówiła wprawdzie w samych superlatywach o piciu tego płynu, ale sama miała na stoliku kartonik soku owocowego, który próbowała ukryć, napotkawszy bazyliszkowate spojrzenie Niny. I co ma zniknąć od tego picia wody? Kilka kilogramów i cellulit? Prędzej od tego picia wody jej garb wyrośnie, niczym wielbłądowi. Co jest gorsze, garb czy cellulit? Nina rzuciła się do szafki. Na pewno powinna tam być jeszcze jedna puszka coli. Przejrzała swoje zapiski z ostatnich tygodni.

Najdłużej udało się jej przestrzegać diety trzy dni pod rząd. A później kupowała pizzę. Powodował to szaleńczy napad głodu lub impuls, wyzwalający całą serię katastrofalnych posunięć — wizja pizzy, wizja smaku pizzy i wizja zadowolenia z pizzy. Czy oni tam do ciasta narkotyków dosypują, że tak to wciąga? Trzeba to wszystko przemyśleć. Jeśli udaje się jej wytrwać dwa, trzy dni, a później nadchodzi kryzys, to trzeba się na jego nadejście przygotować, niczym wierny czekający na nadejście Mesjasza.

Zapchać lodówkę zdrową żywnością. Zablokować numery telefonów do wszystkich pizzerii w obrębie kilku kilometrów. Przygotować wcześniej jedzenie, tak aby nie było wymówki, że jest zmęczona i nie chce się jej nic ugotować i że nie zdąży tego zrobić, bo umrze z głodu. Jeść co dwie, trzy godziny małe posiłki. Ewentualnie co trzeci dzień dołożyć dodatkową porcję — lepiej zjeść 400 kalorii więcej niż 2000 więcej. Ale co zrobi z tą drugą połową pizzy? Czy ma tyle siły woli, żeby ją wyrzucić? Zazwyczaj maskowała ją czymś i chowała do lodówki. Następnego dnia, po podgrzaniu w piekarniku, pizza smakowała równie dobrze.

Czasami Daria zauważyła obecność zabronionego pokarmu.

„Co to jest?" — krzyczała wtedy z kuchni. — „Ty nigdy nie schudniesz! Po co gadasz, żeby cię motywować, jak oszukujesz! Oszukujesz siebie i mnie! Siebie oszukujesz bardziej niż mnie, ale mnie też oszukujesz. W sumie oszukujesz dwie osoby. Albo nawet trzy. Bo może oszukujesz też swojego przyszłego faceta. Może on gdzieś istnieje i odpowiada mu twój charakter. To by było to tak zwane pokrewieństwo dusz, dwie połówki i tak dalej. Ale on chce tę drugą połówkę szczupłą. A tylko ty nią jesteś. Jedyna na całym świecie. Więc jego też oszukujesz. To już trzy osoby. I tę swoją mądralińską przyjaciółkę też oszukujesz. Słyszałam, jak przed chwilą rozmawiałyście i mówiłaś, że od dwóch tygodni nie jadłaś pizzy. A jesz co dwa dni..."

„Co cztery dni" — prostowała Nina.

„... To to są już cztery osoby..."

„Nie teatralizuj sytuacji" — ucinała rozmowę Nina, bojąc się dalszych tyrad, które trafiały w czułe punkty. „Teatralizowanie sytuacji" uciszało Darię, która zazwyczaj sapała wtedy z wściekłością, trzaskała drzwiami lodówki, a później drzwiami swojego pokoju. Nina wiedziała, że nie powinna tak się odzywać do córki.

Tylko przez przypadek dowiedziała się o jej planach zawodowych. Daria nigdy jej o nich nie opowiedziała. A wiedział już o nich nawet jej ojciec. Zadzwonił wzburzony, gdy tylko zapoznał się z planami ich jedynaczki.

— Ty myślisz, że jak ja pracuję w banku, to mogę wszystkim pożyczek udzielać? — ryczał wściekle do telefonu.

Nina dała się sprowokować. Gdyby nie wspólne dziecko i samotne macierzyństwo, też by teraz robiła karierę.

— Tak panie bankierze, przyślij nam trochę pieniędzy, bo nam się papier toaletowy skończył, a pieniądze od pana są tylko tyle warte, żeby się nimi podetrzeć...

— Nawet w takim stanie byś je przyjęła!

Nina rozłączyła się. Za chwilę dostała od niego SMS: „Powiedz Darii, że żadnej pożyczki nie dostanie". Pierwszą myślą Niny była ta, że Daria wpadła w długi. Ale jak na swój wiek, była rozsądną dziewczyną. Więc jeśli nie długi, to co? Narkotyki? Zbyt zdrowo wygląda. Popala papierosy — jako była palaczka Nina miała wyczulony węch — ale na tym się chyba kończyło. Może. Na myśl o problemach z dorastającą córką Nina poczuła głód.

Postanowiła wytrzymać napad zachcianek i poszła do pobliskiego supermarketu. Tu jednak jej silna wola poległa. Nina uciekła z alejki sklepowej, gdzie pyszniły się sałaty, szpinak i wszelakie owoce i warzywa.

Wszyscy tam byli jacyś tacy chudzi i za zdrowi. Jeszcze nie dzisiaj. O! Tutaj jest jej królestwo.

I proszę, promocja. Na coś, czego jeszcze nie jadła. Przecież trzeba próbować nowych rzeczy w życiu, a nie zajadać się ciągle sałatą. Kto przeżył na sałacie? Dinozaury na pewno nie. A ona nie ma zamiaru podzielić ich losu. Proszę. Batoniki pomarańczowe w czekoladzie. Mini batoniki czekoladowe. Przecież zmian trzeba dokonywać stopniowo prawda? Nie da się wykorzenić ich, ot! tak sobie, w czasie jednej wizyty w dziale warzywnym. Ale ona ma na to sposób.

Przemknęła ukradkiem alejkami, ale widząc miłą sprzedawczynię, która wczoraj pochwaliła jej zdrowe wybory żywnościowe, skierowała się do kasy samoobsługowej. Nie będzie świadków jej porażki. Niestety, kasa wypluła połowę pieniędzy i odmówiła przyjęcia banknotu, którym chciała przekupić maszynerię Nina.

— Z tą maszyną zawsze są problemy!

Sprzedawczyni natychmiast pojawiła się przy migającej kasie i kilkoma sprawnymi ruchami ujarzmiła ją. Spojrzała mimochodem do koszyka Niny i mrugając okiem rzuciła:

— Delektuj się!

Entuzjazm Niny, rozpalony wizją nowego przysmaku, przygasł. Zgarnęła słodycze w torbę jednorazową i powlokła się do domu. Ale przecież nie wszystko stracone. Znalazła sposób na swoje zachcianki. Sprawnym ruchem, wyćwiczonym na tysiącach czekoladek, otworzyła opakowanie z aż dziesięcioma pomarańczowymi batonikami. Zapachniało. Gorzką czekoladą, pomarańczą i jakąś przyprawą korzenną.

Dłoń Niny zadrżała. Ale nie, nie zje żadnego z nich. Oszuka samą siebie i poupycha po zakamarkach. A później zapomni. A jak sobie o nich przypomni, to już ich nie znajdzie. Przecież tak zawsze działo się, gdy znajdowała nowy schowek na klucze, okulary albo pocztę. Proszę. Pierwszy batonik idzie do szufladki z monetami. Kto to widział, żeby monety trzymać w szufladzie — zganiła się. Rozgarnęła monety, szukając większych nominałów. Spomiędzy monet wychyliła się paczka papierosów.

— Mam cię! — prawie krzyknęła. Więc to tutaj Daria ukrywa papierosy. Wyciągnęła papierosy i otworzyła opakowanie. Tylko trzy w środku. Odłożyła paczkę z powrotem. Nie zrobi córce awantury. Znacznie lepiej wyjdzie na kontrolowaniu przez pewien czas przepływającej przez szufladę ilości papierosów. Zorientuje się, ile Daria wypala i czy to nałóg, czy tylko tak zwane popalanie.

Czas na jej walkę. Nie będzie potępiać córki, sama będąc w szponach nałogu obżarstwa. Gdzie schować te cholerne batony? Przecież znajdzie je wszędzie. Przyjdzie tutaj w nocy i trafi do nich po ciemku. Nawet przez sen, lunatykując. Nina usiadła na podłodze i zrobiło się jej żal samej siebie. Do czego się doprowadziła? Czy te batoniki są tego warte?

Rozwinęła z papierka pachnącą łakoć. Dobrze by smakowała, gdyby nie łzy spływające po policzkach Niny. Jadła te cholerne batony, szlochając. Wkrótce zaczęło jej cieknąć z nosa. Postanowiła wstać, ale okazało się, że to nie takie proste. Byłoby prostsze w wersji Niny o dwadzieścia kilogramów szczuplejszej. Zrezygnowana opadła na czworaki i w ten sposób udało się jej dojść do krzesełka, na którym spoczywała torebka z chusteczkami, które Nina zawsze miała pod ręką. Zawsze, ale nie tym razem.

Tym razem zmieniła przed wyjściem torebkę, ale nie przełożyła do niej chusteczek. Zrezygnowana, przetarła nos lepką od czekolady dłonią. W takim stanie zastał ją jej były mąż, który wparadował do kuchni razem z Darią.

— Ale masz czuja! Jeszcze mnie nie zobaczyłaś a już robisz scenę!

— Witam szanownego pana — Nina próbowała trzymać rezon, ale nie wypadło to zbyt przekonująco.

— Mamo! Znowu podjadasz! Co to jest? Mówiłaś, że zrobisz sałatkę na kolację!

— Przy sałatach tłoczyły się chude pindy!

— Jedną z nich byłą pewnie moja dziewczyna, czy miała rozmiar 36, białą sukienkę i długie blond włosy? — Tak, do ciebie pasuje ktoś z warzywniaka — odgryzła się Nina.

— Kłóćcie się, ale daję wam na to tylko dziesięć minut, bo mam ważną wiadomość o mojej świetlanej przyszłości.

— No przecież idziesz na prawo? Czy o czymś nie wiem? Co to za nowa wiadomość? Matka cię na studia humanistyczne przekabaciła, żebyś kontynuowała tradycje rodzinne na recepcji?

— Lepsze to niż... — Nina urwała.

Nie będzie się kłócić przy Darii. Lepiej, żeby się nie uczyła patologii.

— Nawet zdania dokończyć nie umiesz?

— Idę na aktorstwo! — Krzyknęła Daria.

— A ja na randkę! — Odpowiedziała Nina.

Miała zamiar odwołać to spotkanie, do niczego jej to nie było potrzebne, ale obecność byłego męża i nielojalność córki, która najwyraźniej to jemu pierwszemu opowiedziała o swoich planach, zrobiły swoje.

Godzinę później Nina krążyła wokół jadłodajni na stacji autobusowej. Przez okno widać było ludzi, pałaszujących niezdrowe kanapki. Czuć było zapach czosnku. Oj, chętnie by teraz pochłonęła taką kanapkę z sosem czosnkowym. Tylko, że śmierdziałaby czosnkiem. No i żakiet trzymał się na guzikach tak na wiarę. Gdyby coś zjadła, już by go nie dopięła. Jak to się stało, że wszystkie imprezowe ciuchy są za małe? Skurczyły się w praniu?

Ukradkiem spojrzała na swoje odbicie w szybie. Nie wyglądało to dobrze. Grube udka w modnych rurkach nie prezentowały się najlepiej. Wzdęty brzuch. I jeszcze czerwone kozaki, mimo ładnej pogody. Niestety tylko w te buty się wbiła. Reszta pantofli nie chciała wejść na spuchnięte stopy. Trudno. Faceci przecież się nie znają na modzie. Pewnie nic nie zauważy. I gdzie on jest? Minęło już piętnaście minut od umówionej pory...

Sprawdziła trzymany w ręce telefon. Był nastawiony na wibracje, aby poczuła, gdy nadejdzie SMS albo gdy ktoś będzie dzwonić.

Ktoś. Na zdjęciu profilowym wyglądał przeciętnie. Ale przecież ona Miss Uniwersum też nie jest. Klops w tym, że on nie wie, jak ona wygląda. Podała mu swoją wagę, co skwitował żartem, że nie zna się na kilogramach, bo przywykł do podawania ciężarów w funtach. I że lubi krągłości. Rozmawiali nawet na Skypie. Ona miała wyłączoną kamerę. Powiedział, że ma miły głos. Chciał się spotkać od razu, ale Nina wymówiła się przeziębieniem, myśląc, że zaoszczędzi trochę czasu i schudnie.

Myślała, że schudnie przez te dwa tygodnie? Chyba za dużo pism kobiecych na recepcji przeczytała. Zaproponował, że przyjedzie i ugotuje jej zupę. Po tej zupie na pewno choroba minie.

Kwitła w tym miejscu już od czterdziestu minut. Na szczęście ludzie się zmieniali, wsiadając w autobusy, więc mało było świadków jej czekania. Najwyraźniej los Kopciuszka, spóźniającego się na bal nie był jej pisany. Ani za duże pantofelki. Kontemplowała przez chwilę swoje stopy i łydki w opiętych kozakach. Ledwo je dopięła. A jak zamek się zepsuje?

—Nina? — usłyszała za swoimi plecami.

To był on. Średnio przystojny, ale z miłym uśmiechem na twarzy. Próbowała się uśmiechnąć. Zobaczyła, jak jego uśmiech powoli gaśnie i zamienia się w grymas rozczarowania. Przecież mówiła mu, że jest gruba.

— Jak ci minęła podróż? — zapytała.

Miała tę kwestię z góry przygotowaną, aby rozpocząć rozmowę. Wiedziała, że w strategicznych momentach zdarza się jej zamienić w niemowę.

— Jaka podróż?

— No... Tutaj...

— Ach, były korki... Jak się czujesz? Rozmowa się nie kleiła. Wyraźnie prowadził konwersację z grzeczności. Obrażona tym faktem odpowiadała półsłówkami. Niech cierpi.

— Kawa? — zapytał. Tak. Teraz to kawa. A gdy rozmawiali to chciał się spotkać w jej domu. Pewnie w wiadomych celach. I co? Przeszło mu? Przecież nie wygląda aż tak źle...

— Kawa? — powtórzył. Zgodziła się i poprowadziła w stronę najdroższej kawiarni w mieście. Niech cierpi. Jeszcze będzie bardziej cierpiał, bo co najmniej z godzinę będzie musiał z nią spędzić przez grzeczność. Dobrze mu tak. Na pewno mu nie ułatwi sytuacji.

— To jak się czujesz? — zagadnął kolejny raz.

Nie odpowiedziała. W milczeniu doszli do kawiarni.

Z wnętrza czuć było zapach panini. Lepiej nie wchodzić do środka, bo zamówi ze trzy porcje i będzie obciach. Dostrzegła wolny stolik na zewnątrz kawiarni.

— Zajmę miejsca! — rzuciła, przeciskając się do stolika. Usiadła na krzesełku.

Dopiero teraz zdała sobie sprawę, że nie wie, o czym będą rozmawiać. O pogodzie? Trudno, jakoś wytrzyma tę godzinę. On najwyraźniej też się nie spieszył do tej pogawędki. Minęło kilkanaście minut, a wciąż kupował tę cholerną kawę. Nagle go zobaczyła.

Z impetem wyszedł z kawiarni i szybkim krokiem zaczął się oddalać w stronę stacji autobusowej, wyjmując telefon i dzwoniąc gdzieś. Czyżby coś się stało? Usłyszała wibrowanie w torebce. To był on. Widziała go, jak się oddala i dzwoni do niej.

— Halo? — odebrała połączenie.

— Przepraszam, ja nie mogę. To ponad moje siły.

Nina rozłączyła się. Więc to tak? Nawet przez grzeczność nie chciał z nią zostać? A może kawa za droga? W sumie to dobrze. Nie będzie musiała oglądać grymasów na jego twarzy. Poczuła, jakby całą sytuację oglądała z boku. Całe zajście było jej dziwnie obojętne.

I dopiero to ją ruszyło. Coś z nią musi być nie tak. Normalna kobieta zaczęłaby przeklinać, płakać albo dogoniłaby drania i spuściła mu łomot torebką z pełnym akcesorium kosmetyków w środku. Tak, żeby poczuł na swojej grymaśnej twarzy wszystkie puderniczki, kremy i korektory. A ona?

Zachowywała się tak spokojnie, jakby jej się coś takiego należało od życia.

Spokojnie wstała od stolika i ruszyła w stronę domu. Kusiły ją zapachy jedzenia z licznych restauracji i kebabowni. Ale postanowiła, że dopiero w domu zamówi coś na wynos. Na przykład pizzę z serem mozzarella zapiekanym w brzegach. Miała swój własny pomysł na pizzę. Zawsze zamawiała z pieczarkami, ananasem, oliwkami i czasem firmowymi ziołami. Zje całą. Zawibrował jej telefon. To był on.

— Naprawdę przepraszam. Dzwonię, żeby ci powiedzieć, że zablokowałem cię na wszystkich portalach i w telefonie, więc nie wysyłaj mi żadnych wiadomości...

Nina rozłączyła się. Co za dupek! Skąd się tacy biorą? „Kiedyś się będę z tego śmiać!" — pomyślała i poczuła się lepiej. Może karma wykończy dupka i zadławi się swoją zupą. Albo nabawi rzeżączki.

Drugi telefon. To szef tym razem. Nagły wypadek, czy przyjdzie dzisiaj do pracy? Nina niechętnie zgodziła się. Dwie godziny później siedziała już na recepcji.

„Boże, jakie to światło jest okropne..." —
pomyślała Nina i od razu skarciła się w myślach
— „Nie narzekaj babo!".

Z trudem zdjęła z grubego nadgarstka
bransoletkę i założyła ją na drugą rękę. To
Ludmiła zaproponowała jej to ćwiczenie. Miesiąc
bez narzekania. A jeśli przyłapie się na
marudzeniu, ma przełożyć bransoletkę z jednej
ręki na drugą.

„Boże jakie ja mam grube ręce!" — westchnęła
Nina. Przełożyła z powrotem bransoletę. Tak,
teraz było lepiej. Ta druga ręka chyba jest
grubsza. I tak za każdym razem, gdy przyłapała
się na narzekaniu i przekładała bransoletę,
musiała drugi raz pomarudzić, bo lewa ręka była
spuchnięta i założona bransoleta po kilku
minutach noszenia sprawiała ból. I przez to
pewnie wyrabiała u siebie nawyk marudzenia,
gorszy, niż gdyby w ogóle nie zwracała uwagi na
swoje - przecież bardzo akuratne - osądy
sytuacji.

Światło było przyćmione. Może po to, aby
ukryć plamy wilgoci na wykładzinach. Może po

to, aby nie ożywiać zbytnio klientów hotelu i by szli szybko spać, zamiast dokazywać przy barku. Albo po prostu ze zwyczajnej oszczędności. Nina miała przy swoim biurku lampkę, ale po jej zapaleniu recepcjonistka stawała się bardzo widoczna z zewnątrz, co jej nie odpowiadało. Nie chciała zwracać na siebie uwagi. Bała się, że ktoś z zewnątrz wejdzie i zrobi jej krzywdę. Drzwi hotelu miały być otwarte do północy. Później mogła je zamknąć, ale czuwać, by w razie czego otworzyć gościom hotelowym.

Nocnym zmianom towarzyszył strach. Pracowała sama. To był mały hotelik i obsługa była ograniczona do minimum. Nie tak jak w pobliskim hotelisku, gdzie na recepcji na nocnej zmianie pracowały dwie osoby, do tego bar obsługiwali do późnych godzin barmani, których można było skrzyknąć na pomoc, gdy któryś z gości zaczął się awanturować.

Plusem nocnych zmian była wyższa stawka godzinowa wynagrodzenia, mały ruch, mniej pracy...

I było coś jeszcze. Coś, o czym Nina właśnie zaczęła myśleć. Dochodziła trzecia. Bar był już zamknięty, więc było małe prawdopodobieństwo, że ktoś zejdzie na dół. Wszystkie klucze były wydane, więc nikt raczej nie przyjdzie. Sprawdziła rezerwacje. Nie oczekiwali nikogo o tej porze. A nawet jakby przyszedł jakiś zbłąkany gość, to cóż, będzie mieć pecha. Niech się nauczy meldować w hotelu o normalnej porze. Niech śpi w aucie. Albo idzie do hoteliska.

Nina założyła buty na spuchnięte stopy. Z głośnym jęknięciem wstała z krzesła i podreptała na służbowe zaplecze. Znajdowały się tam toalety dla pracowników i kuchnia. A tam, na blacie, czekały na poranne wyrzucenie niezjedzone ciasta. Może będzie marchewkowe? Anglicy je lubili i szybko znikało, ale może będzie mieć szczęście. Ciasto kwitło cały dzień poza lodówką i po godzinie osiemnastej znikało spoza zasięgu wzroku gości. Nie można było go już sprzedać, aby nikt nie nabawił się zatrucia pokarmowego. Nina poświeciła sobie telefonem komórkowym. Na zapleczu nie było kamer CCTV. Ale wolała być czujna. Może są gdzieś ukryte i pracodawca sprawdza, czy kucharze nie plują do jedzenia?

Znała drogę do blatu kuchennego na pamięć. Przemierzała ją każdej nocy, gdy była w pracy. Trochę stresu, lęku, że ktoś kiedyś odkryje jej „zbrodnię"... Ale było warto. Tym razem także stało na brzegu blatu pudełko. Cóż kryje się w nim tym razem? Może ciasto cytrynowe? A może coś lepszego? Pudełko było puste. Nina z niedowierzaniem przeczytała w świetle telefonu umieszczoną w środku karteczkę: „Już jesteś wystarczająco gruba, grubasko...".

Nina drżącą ręką odłożyła ostrożnie, co do milimetra, karteczkę na swoje miejsce. Nie da jej autorowi satysfakcji. Niech myśli, że nie przeczytała uwagi. Poczuła, że palą ją policzki. Miała ochotę rzucić pudełkiem, rozbić kilka krzeseł i kuchennym tasakiem porąbać służbowe biurko, po czym sprayem napisać: „Odchodzę!".

Niestety, nie mogła sobie pozwolić na takie wybryki. Nie była gwiazdą rocka z milionami na koncie i nigdy nią miała nie zostać z racji kiepskiego głosu. Poszła do toalety. Opłukała zimną wodą twarz. Na szczęście w przyćmionym świetle kamery nie zarejestrują barwy jej policzków. Jutro sprawdzą dranie nagranie i będą się śmiać. Nie da im satysfakcji. Wróciła na recepcję.

Spojrzała ukradkiem na kamerę CCTV. Niestety, były zakryte i trudno było sprawdzić, co w danej chwili filmują. Z pewnością działały teraz automatycznie, ale jutro ktoś sprawdzi, czy wariowała po tej przykrej niespodziance. Nie da im tej satysfakcji. Zaczęła przeglądać papiery zamówień.

Trafiła na druk zamówienie jedzenia. Sernik, kurczak na „roast dinner", lazania, pizza... Nina poczuła niemiłe ssanie w żołądku. Zabrała ze sobą jedzenie, ale zjadła je już przed północą. Jest trzecia. Pobliski kebab był otwarty nawet do czwartej rano - dzisiaj była sobota i właściciele zarabiali na młodych ludziach, opuszczających liczne puby i dyskoteki. Dowożono wprawdzie tylko do godziny pierwszej w nocy, ale mogła zamówić jedzenie, a gdy będzie gotowe, przejść te sto metrów i odebrać, ale co? pizzę? kebab? Ale co z nagraniem CCTV? Zobaczą jej klęskę. Ale czy powinna się nimi przejmować? To banda niedouczonych głupków.

Być dumną czy głodną?

Nina sięgnęła po telefon.

— Tu Nina z hotelu.. Czy mogę zamówić pizzę? Za ile będzie?... Tak przyjdę odebrać...

Ja i mój wróg

Długo nie mogłam przyzwyczaić się do cotygodniowych widzeń. Najpierw mi ich brakowało; wyczekiwałam na nie z utęsknieniem. Później pojawił się lęk, bo kapłan wytłumaczył mi, że spotykam się ze swoim największym wrogiem. Każdemu spotkaniu towarzyszyły inne emocje. Oglądałam jej twarz, która z każdym spotkaniem stawała się coraz bardziej wyprana z emocji i miałam mieszane uczucia.

Czy to na pewno mój wróg? Czułam litość, a nie nienawiść. Jak to się wszystko zaczęło? Od zakupoholizmu? Zabierała mnie na zakupy. W każdym sklepie inny zapach, inna muzyka, inny wystrój. Czułam się ważna, kupując coraz więcej niepotrzebnych przedmiotów. Dawały mi krótkotrwałą radość, to ulotne wrażenie, że życie na moment stało się lepsze. Chociażby ubrania. Dotykałam tkanin i wyobrażałam sobie dotyk jego rąk. Czy mu się spodoba? Szorstkie wełniane sweterki i dżins odpadały. A kolory? Lubił biały i nienawidził szarego. A ja potulnie kupowałam białe szmatki, za jej namową. Czasami ubrana cała na biało, czułam się jak groteska łabędzia albo baletnicy, która uciekła ze sceny w połowie spektaklu. O! Takie ucieczki miałam opanowane do perfekcji, a ona zawsze mi w tym pomagała.

— Po co kontynuować studia i klepać studencką biedę? — pytała.

Na początku opierałam się jej podszeptom. Na koniec przyznałam jej rację. Rzuciłam studia i poszłam do pracy. Trzy lata praktyki i miałam otwarty własny salon kosmetyczny. A więc miała rację. Mogłam kupować białe fatałaszki, które tak go podniecały. To nic, że musiałam w tym celu wyciskać zaskórniki klientkom i wdychać zapach ich piłowanych paznokci. Na osłodę miałam ich pochwały. Jak pięknie i młodo wyglądam, jakiego mam wspaniałego partnera, jakie moje życie jest cudowne. Ona siedziała czasem na zapleczu i podjudzała mnie przeciwko klientkom.

— Tej z tymi krostami nic nie pomoże. Nawet po antybiotykach, które jej radziłaś brać, wciąż będzie brzydka. Tamta znowu chciała paznokcie na kolor pomarańczowy - dyskoteka gra! Dlaczego zaproponowałaś tej trzeciej ten super zabieg? Nie wiesz, że ślini się do twojego męża?

Ten ostatni przytyk był najmocniejszy. Poczułam, że się duszę i wyszłam z zakładu na świeże powietrze. Wdychałam kłęby spalin z ruchliwej ulicy.

— To jest takie dobre miejsce na otwarcie lokalu — mówiła.

Najgorsze, że zawsze miała rację. Minęło pięć miesięcy i mój mąż zaczął kupować białe ciuchy tej wydrze. A mnie nigdy nic nie kupił, mówiąc, że się na tym nie zna.

— Znudziłaś mu się. Każdemu się znudzisz. Czy masz coś mądrego do powiedzenia? Może gdybyś skończyła studia i zaczęła więcej czytać, dorównałabyś tej wydrze. Ona po studiach prawniczych. A ty masz tylko ogólniak — perorowała zawzięcie.

— Przecież to był twój pomysł, żebym rzuciła studia! — przerwałam jej monolog.

Bardzo tego nie lubiła.

— Czy ja ci przerywam, gdy coś mówisz?

— Nie, bo nigdy nie dajesz mi dojść do słowa.

—Tak jakbyś miała coś mądrego do powiedzenia — powiedziała i wyszła trzaskając drzwiami.

Odszedł mąż, odszedł zakupoholizm. Ona nie odeszła. Doradziła mi, abym pozbyła się tych okropnych białych ciuchów. Tak też zrobiłam. Chciałam kupić nowe, w żywych kolorach. Ale nie miałam ochoty paradować w czerwieni czy żółci. Kupiłam pięć szarych koszulek, pięć czarnych swetrów i pięć granatowych par dżinsów. Bielizna czarna. Na widok białych wstawek w ładnych ubraniach, dostawałam szału. Czasami niszczyłam je w przymierzalni, ale tylko w tych sklepach, gdzie ekspedientki nie kontrolowały ilości przymierzanych ubrań.

— A może zostaniesz minimalistką? — zażartowała. Czasami bawiło mnie jej poczucie humoru. Wtedy uznałam, że to nie żart, ale bardzo dobry pomysł. Zaczęłam zgłębiać zasady tej trudnej sztuki. Po białych ciuchach przyszła kolej na rzeczy kupione wspólnie z byłym. Wyrzucałam jak szalona, aż zostały prawie puste ściany i pokoje. Na początku czułam się lepiej, później przyszedł niepokój. Ona przestała mi dawać rady, postanowiłam więc to zrobić sama. Te wszystkie problemy - to na pewno musiało mieć coś wspólnego z moim wnętrzem.

Zapisałam się na kurs medytacyjny, to było takie modne. Podśmiewałam się z tych zajęć przy klientkach. Wrócił mi dobry humor.

— Coś często napominasz o tym młodym nauczycielu medytacji — zwróciła mi uwagę.

— Podobno należy do tej sekty, wiesz, ci, co mieszkają w tych starych budynkach pofabrycznych — podśmiewałam się dalej.

— Pewnie ma tam dużo kobiet — podsumowała.

To jedno zdanie wprawiło mnie w szał. Jak on śmie się w takim razie do mnie uśmiechać? Wygarnęłam mu to na następnej lekcji.

— To nieprawda, co mówią ludzie. Przyjdź i zobacz — powiedział.

— Przestań chodzić na te zajęcia — doradziła.

Posłuchałam jej, jak zwykle.

Spotkałam go przypadkiem w warzywniaku. Wyglądał tak pociągająco i uśmiechnął się na mój widok.

— Nie słuchaj jej — powiedział. Ona jest twoim wrogiem.

— Jak to możliwe?

— Nasz kapłan tobie wszystko wytłumaczy. To bardzo mądry człowiek, ma doktorat z psychologii. Pomoże ci w tym rozstaniu. Najpierw będziesz ją widywać co tydzień, później co miesiąc. Aż w końcu o niej zapomnisz. Czy jej rady kiedykolwiek do czegoś ci się przydały? Jak by wyglądało twoje życie, gdyby nie ona?

—To jakaś tania psychoanaliza — odpowiedziałam i wróciłam do swojego życia.

Nie było ono już takie samo. Przypominały mi się fale gorąca, gdy na mnie patrzał. Tłumaczyłam sobie, że przecież jest lato i każdemu jest gorąco. Aż po kilku miesiącach zobaczyłam go zimą. Zalała mnie znana mi fala ciepła. Doradził mi znalezienie kolejnego przewodnika duchowego.

— Ode mnie dowiedziałaś się dużo. Czas na przejście do kolejnej klasy. Postanowiłam spotkać się z kapłanem. — Ona jest zawsze o jeden krok do przodu. To toksyczna osoba. Nie będziesz szczęśliwa, przyjaźniąc się z nią. Gdy będziesz mieć mało pieniędzy, doradzi ci szalony zakup na kredyt. Gdy będziesz bogata, powie, że nie zasłużyłaś na nic drogiego — tłumaczył mi kapłan.

Wszystko się zgadzało. Jak mogłam tego nie widzieć? Mimo to broniłam jej zawzięcie.

— Nie rozmawiamy o dobrach materialnych i zakupach, to już minęło. Teraz jestem bardziej uduchowiona i to jej zasługa.

— Czy cierpisz, gdy słyszysz jej opinie? Czy ona dba o twoje dobre samopoczucie, czy też zadręcza cię uwagami na każdy błahy temat?

Siedzieliśmy w kawiarni. Bałam się iść do starej fabryki. O mieszkających tam ludziach krążyły różne opowieści. Gdy zobaczyłam kapłana, miałam wrażenie, jakbym go znała od wielu lat i był moim dobrym przyjacielem. Nie oceniał, nie męczył mnie tak jak ona. Na wszystko miał odpowiedź i co najważniejsze, wszystko z tego, co o mnie i o niej mówił, się zgadzało. Bałam się, że zepsuje tę miłą atmosferę i zacznie mówić o jakimś egzotycznym bogu, którego imienia nawet nie byłabym w stanie powtórzyć. On jednak wypytywał o mnie.

Tak dawno nikt ze mną nie rozmawiał o mnie. Klientki zawsze chciały być w centrum uwagi. Opisywały swoje śluby, rozstania, potajemne schadzki z kochankami, trudy wychowywania dzieci. Czasami celowo tak mieszałam składniki maseczek, żeby usztywniała mięśnie twarzy i zniechęcała do monologów.

Rzadko któraś z nich pytała, co u mnie, jak mi minął dzień. A ona? Ona zakładała, że zna mnie doskonale i wie, co dla mnie jest najlepsze. Potrafiła tak logicznie wszystko wytłumaczyć, że za każdym razem wierzyłam, że proponowane posunięcie jest jedyną opcją.

Kapłan znał mnie naprawdę. Był jak znawca dusz i domyślił się, co tkwi w mojej. Znał mnie lepiej niż ja sama. Dopiłam zieloną herbatę i podziękowałam za spotkanie. Pewnie go już nie spotkam, ale wytłumaczył mi wiele rzeczy. Zastanawiałam się, jak z nią porozmawiać o tej sprawie. Jeśli faktycznie jest moim wrogiem, to czy powinnam otwarcie i naiwnie z nią dyskutować? A jeśli wykorzysta to przeciwko mnie?

Tak dużo o mnie wiedziała. W jej przypadku jednak nie byłam z tego zadowolona. Nie miała do mnie tak ciepłego podejścia, jak kapłan. Mijały dni. Ona nawijała o potrzebie zarabiania i oszczędzania. Na później.

— Bierz nadgodziny, przyjmij te dodatkowe klientki — radziła.

A ja, jak zwykle, słuchałam jej. Pracowałam po czternaście godzin i fizycznie nie byłam w stanie wydać zarobionych pieniędzy. Gdy kończyłam pracę, sklepy już dawno były zamknięte. Zakupy online? Jaskrawe światło monitora raziło mnie w oczy i męczyło. Powoli zamieniłam się w robota. Wszystkie czynności wykonywałam automatycznie. Ona mi wtedy po raz pierwszy pomogła.

— Zabrnęłaś w ślepą uliczkę, weź jeden dzień wolnego. Wzięłam dwa. W pierwszy dzień spałam. W drugi postanowiłam ugotować domowy obiad. Miałam dosyć zamawianych dań na wynos.

Spotkałam nauczyciela i kapłana w warzywniaku. Powitali mnie jak dawno niewidzianą przyjaciółkę. Wypytywali o życie codzienne.

— Jesteś zmęczona — zauważył kapłan. — Właśnie wybudowaliśmy w naszych budynkach małe spa. Może wpadniesz na kilka godzin?

Poszłam. Ci ludzie byli tacy fantastyczni! Każdy miał mnóstwo talentów. Uwierzyłam, że ja też je posiadam. Życie w fabryce było ciekawe. Malowaliśmy obrazy, które później sprzedawaliśmy w Internecie. Pisaliśmy wiersze. Modliliśmy się. Medytowaliśmy. Tak jak wcześniej mi powiedziano, mogłam ją widywać co tydzień.

Na początku starannie przygotowywałam się na te spotkania. Kąpałam się w olejkach i solach, zakładałam barwne szaty. Zabroniono mi jednak tego. Dlatego gdy ją widziałam co tydzień w lustrze, przy- noszonym do mojego pokoju, miała coraz bardziej szarą i zmęczoną twarz. Coraz bardziej tłuste strąki włosów. — To twój wróg! — krzyczał kapłan.

Rzadko odpowiadałam, starając się zapamiętać każdy szczegół jej czy też może mojej twarzy. Czy to prawda, że nasz wygląd to tylko ułuda? Że nasze pragnienia i emocje to tylko wrogie podszepty, a ich brak to ta nirwana, do której należy dążyć? Za tydzień widzę ją po raz kolejny. A później widzenia będą co miesiąc. Ale to mój wróg, kapłan nie może się mylić. To jej porady były przyczyną wszystkich tarapatów. Tutaj nic mi nie grozi. Nikt nie podpowie mi głupich pomysłów. Będzie mi lepiej bez niej, na pewno.

Czy to wliczone w cenę?

Mój pierwszy dzień w nowej pracy po długim okresie bezrobocia. Zaliczyłem kurs, przeszedłem szkolenie. Sądziłem, że na początku będę się zajmować papierkową robotą, ale najwyraźniej mój urok osobisty sprawił, że kierownik zarządził, abym pokazał dzisiaj dom pewnej starszej, samotnej pani.

Domem tym był dawny hotel, który owa dama planowała przerobić na apartamenty pod wynajem. Podobno w nim straszyło. Był w naszej agencji nieruchomości wystawiony od dwóch miesięcy, ale nikt nie skusił się na zakup. Stresowałem się trochę, ze względu na wysoką sumę, na którą był wyceniony budynek. Od pomyślnej transakcji zapewne zależało moje „być albo nie być" w firmie, gdyż do tej pory nie podpisałem umowy o pracę.

— Pewnie pleśń wyszła na ścianach od ostatniego oglądania. Będziesz musiał pokazywać pokoje po ciemku, tak jak Janek ostatnio — podśmiewali się inni pracownicy.

— Ach tak, to dlatego spotkanie umówione jest po zmroku? — Odgryzłem się, ale wcale mi nie było do śmiechu.

Na przerwie na lunch postanowiłem obejrzeć posiadłość jeszcze raz. Przezorny zawsze ubezpieczony. Klucze miałem już od rana. Wprawdzie nie będę miał czasu na posiłek, ale i tak z nerwów nic bym nie zjadł. Było szaro i pochmurno. Dom także był szary. Wokół niego rosły olbrzymie wiązy. Na ich bezlistnych o tej porze roku gałęziach siedziało kilka wron. Na mój widok poderwały się w powietrze, niczym w kiepskim horrorze. W oknach tkwiły stare, dawno nieprane firanki. Miałem dziwne wrażenie, że dom czai się, aby wyskoczyć z jakimś niedozwolonym chwytem - na przykład zarwie się podłoga pode mną i nie dość że nie dojdzie do transakcji, to jeszcze wyląduję z nogą w gipsie na kilka miesięcy.

Odetchnąłem głęboko kilka razy i wszedłem na schodki prowadzące do parteru.

Klucz nie pasował. Ani jeden, ani drugi, ani trzeci. Czyżbym dostał zły komplet? Może to żart na nowicjuszu i cała ta dzisiejsza prezentacja to ściema? Może chcieli, abym przyjechał to o szóstej wieczorem i dostał zawału, gdy klucze nie będą pasować? A może wiedzą o mojej chorobie i robią sobie żarty?

Rozeźlony wskoczyłem do auta. O moim wzburzeniu świadczyło dwukrotne uruchomienie fleszy w kamerach drogowych.

— Bardzo śmieszne! — Powiedziałem, starając się panować nad tonem głosu, gdy rzuciłem kierownikowi klucze na biurko.

— Nie rozumiem — zdziwił się.

— Klucze nie pasują.

— Jak to? Skąd wiesz?

Zdziwienie kierownika wydawało się prawdziwe. Ale może był dobrym aktorem? Opisałem pokrótce sytuację i swój wywiad przed prezentacją.

— Czy jesteś pewien, że klucze nie pasują? Dwa tygodnie temu byłem tam osobiście.

Kierownik oglądał klucze, patrząc na mnie jak na półgłówka.

— Mam tytuł magistra, więc raczej wiem, jak używać kluczy — odezwałem się, zapewne niepotrzebnie wspominając o swoim wykształceniu, które na tym stanowisku było nieistotne, a na dodatek zataiłem je w życiorysie.

— Wyślę tam Barbarę. — Odpowiedział kierownik. Czekałem jak na ścięcie na powrót koleżanki. Może faktycznie nie potrafię otworzyć drzwi? Może tam jest jakiś myk przy otwieraniu, na przykład trzeba pociągnąć w którąś stronę klamkę w postaci ludzkiej ręki? Swoją drogą, kto instaluje takie klamki w hotelu. Nic dziwnego, że musieli zamknąć biznes. A może to moje jakieś dziwne kinetyczne urojenie?

Barbara wróciła z tajemniczym wyrazem twarzy. Moja wersja zdarzeń została potwierdzona — klucze nie pasują.

Spokojna i leniwa atmosfera w biurze zmieniła się momentalnie. Przetrząśnięto wszystkie klucze od wystawionych na sprzedaż lub wynajem posiadłości. Fruwały papiery i przekleństwa. Kierownik zabrał wszystkie klucze i osobiście pojechał sprawdzić, czy nie zaszła pomyłka. Pomyłki nie było. Żaden klucz z puli nie pasował do zamka. Kierownik zadzwonił do właściciela, pytając, czy przypadkiem nie zrezygnował ze sprzedaży i nic nie mówiąc, wstawił nowy zamek.

— Nie, nie wycofałem się ze sprzedaży. Ale za długo to trwa. Możliwe, że zlecę sprzedaż innej agencji. — Poinformował kierownika właściciel.

Rozpoczęliśmy polowanie na ślusarza. Nikt już nie wnikał, dlaczego klucze nie pasują. Miały pasować punkt 18:00, gdy starsza pani zjawi się, aby obejrzeć posesję. Przypomniałem sobie o koledze, złotej rączce i poleciłem go kierownikowi, jako że nikt nie chciał się podjąć zlecenia na dzisiaj. Niestety, mój znajomy kończył własną pracę o 17:00 i na miejscu mógł się pojawić dopiero pół godziny później. Nie mieliśmy wyboru. Spociłem się w swoim nowym garniturze. Czy kolega da radę wstawić nowy zamek? Kiedyś był specem od włamań, a teraz wykorzystywał swoje umiejętności w bardziej cywilizowany sposób.

Postanowiłem skupić się na prezentacji, aby nie denerwować się możliwymi przeciwnościami losu. „Świetnie można ten hotel przerobić na apartamenty, to zapewni stały dochód o wysokości…"

„Z tej strony są wspaniałe widoki na kanał La Manche, a z tej na miasto, a z tej na wzgórza".

Jeszcze raz przypomniałem sobie wszystkie wynotowane zalety budynku. Bliski dostęp do dworca kolejowego i stacji autobusowej, w centrum, ale na cichej uliczce. Przyznam, że sam bym chętnie w nim zamieszkał, aczkolwiek zaczynałem odczuwać pewną niechęć do budynku, od którego zależała moja kariera agenta nieruchomości.

Mój znajomy stawił się o wyznaczonej porze. Gdy zjawiła się starsza pani, właśnie zamiataliśmy trociny spod drzwi. Nareszcie mogliśmy wejść do środka. Kierownik uciekł, nie chcąc robić sztucznego tłumu i zabierając mojego kolegę. Zostałem sam na sam ze starszą panią. Rozpocząłem od pokazania parteru, gdzie do tej pory znajdowało się biurko recepcji oraz umeblowany bar dla gości. Meble były stare. Zastanawiałem się, czy tego nie podkreślić, ale spojrzałem na pomarszczoną twarz kobiety, zapatrzonej w moje nogi i zrezygnowałem z podkreślania wieku przedmiotów. Pokazywałem pomieszczenie za pomieszczeniem. Potencjalna nabywczyni tylko kiwała głową, nie racząc odpowiadać na moje formułki. Trochę mnie to zaczęło peszyć.

Na drugim piętrze poczułem zapach męskich kosmetyków. Ze znajdującej się tam łazienki, zza otwartych drzwi buchała para. Poczułem jak w gardle utkwiła mi gula i straciłem zarówno wątek, jak i głos.

Starsza pani ożywiła się i pierwsza zajrzała do łazienki.

— Czy to wliczone w cenę? — zapytała.

W wannie, wśród piany, leżał młody mężczyzna z irokezem na głowie. Miał umięśnione i opalone ciało.

— A przepraszam, zrobiłem sobie tutaj mały squat. Tak, jestem wliczony w cenę.

— Biorę ten budynek! — zadecydowała starsza pani. — Czy ma pan przy sobie umowę?

Normalnie umowę podpisywało się w biurze. Miałem przy sobie kopię, aby ją pokazać, w razie wszelkich wątpliwości. Wręczyłem więc dokument starszej pani. Ta podpisała, po czym wyciągnęła do mnie rękę.

— Nie rozumiem — zdziwiłem się.

— Klucze — odpowiedziała.

Zazwyczaj umowy finalizowało się w dłuższym okresie niż pięć minut. Zawahałem się, zastanawiając się, czy oddać klucze teraz, dzwonić do kierownika, czy odradzić pochopne podejmowanie decyzji - czego zapewne nie powinienem był nigdy robić w takiej pracy.

— Niech pan da jej te klucze — powiedział punk.

— I tak pan tego nie sprzeda. Mieszkam tu od dwóch lat, to coś o tym wiem.

Na wszelki wypadek, gdyby ten typ był tylko moim urojeniem, nie odpowiedziałem. Wręczyłem klucze starszej damie. Nasza agencja była już zamknięta. Zadzwoniłem do kierownika i streściłem przebieg prezentacji, pomijając kwestię punka.

— A widział pan mojego syna? — zapytał kierownik.

— Nie miałem chyba jeszcze przyjemności poznać pana syna — odpowiedziałem dyplomatycznie.

— Nie widział pan punka w wannie? — zdziwił się kierownik. — On pana widział. Wie pan, w tej pracy czasami trzeba stosować różne chwyty. Inaczej nic byśmy nie sprzedali.

Czyżbym miał przesłyszenia? Może za wcześnie zacząłem tę pracę? Nie spałem całą noc. Następnego dnia miałem bowiem dwie kolejne prezentacje i nie byłem już pewien, co mnie czeka.

Grabarz

Ślina. Stan skupienia ciekły. Stan chemiczny zdecydowanie nie interesował śliniącego się Cyryla. Ważniejsze były inne zalety wytworu jego ślinianek. Odruchowa modulacja gęstości. To było przydatne w gabinetach dentystycznych.

— Pan ma ślinę twardą jak beton! — gderał zniecierpliwiony magister stomatologii, siłując się z unieruchomionym przez cząsteczki enzymów trawiennych wiertłem. Twardość dla twardzieli. Ślina gęstniała tylko wtedy, gdy oprawcą jego uzębienia był dentysta. W przypadku wizyty u dentysty w kobiecym wydaniu, uszczęśliwione ślinianki w radosnej galopa- dzie wydalały swój produkt, zatapiając jamę ustną powodzią przezroczystej substancji. Efekt natychmiastowy.

Brnąc po kostki w jego wydzielinie, sfrustrowana niewiasta opuszczała zaśliniony teren. Złorzeczenia. Wyzwiska. U młodych adeptek pastwienia się nad człowieczym uzębieniem częstą reakcję stanowił atak histerii. Więc jak to? One, młode, ambitne, głoszące hasła unicestwienia próchnicy zostały brutalnie zalane śliną przez pacjenta? Gorycz i żal znajdowały ujście w potokach łez, które miały, oprócz metafizycznego, wydźwięk praktyczny, podnosiły bowiem wydatnie poziom cieczy na terenie skażonym obecnością Cyryla. Obfitość wydzielanej śliny wpływała na budżet Cyryla. Mycie zębów. Spieniona pasta, kłębiąc się na zarośniętych policzkach, znakomicie zastępowała krem do golenia.

Napoje. Systematycznie napełniany pojemnik. Zakręcony, oklejony kolorową nalepką. Pijąc po dwóch godzinach „sok wiśniowy" nie pamiętał już, jaki jest faktyczny skład pochłanianej przez niego substancji. Oszczędności? Nic z tego. Zaoszczędzone pieniądze wydawał na piwo. Wracał z baru późnym wieczorem. Kładąc głowę na poduszce, umiejscawiał wprawdzie tuż obok garnuszek, ale po kilku splunięciach zasypiał. Rano, dręczony polibacyjnym pragnieniem, zmuszony był wydawać resztę zaoszczędzonych pieniędzy na napoje wysokoprocentowe i zwykłe. Pił coraz więcej. Coraz częściej.

Coraz częściej nawiedzał go bowiem ten potworny sen. Wczesnym rankiem, który, w zależności od spożytych podczas kolacji produktów, przybierał bardziej lub mniej mroczne natężenie barw, Cyryl udawał się do pobliskiego urzędu pocztowego. Kształty sprzętów i twarzy stojących w kolejce ludzi rozpływały się, utrudniając mu postrzeganie sennej rzeczywistości. Męczyła go obawa, że nie dostrzeże w porę czyjejś kończyny, która zleje się w jego umyśle w jedną całość z kafelkami posadzki. Kucał, wytrzeszczając oczy, aby sprawdzić, czy może postawić następny krok. Krok wiodący do okienka. Czynność kucania była jeszcze bardziej skomplikowana niż czynność patrzenia. Ciężkie, ołowiane nogi, długości kilkunastu metrów... W panice zdawał sobie sprawę z faktu, iż jest za duży... rośnie... zaraz rozsadzi głową dach. Wtedy nogi nabierały cech i konsystencji smoły. Spływał na podłogę, a jego nowe ciało szybko zastygało, uniemożliwiając mu...

— Proszę... Pana kolej... — lekko chrapliwy głos pozwalał mu odsmołowić się i znów zaistnieć jako człowiek.

— Jedna koperta i znaczek na zwykły list... — odbierając zamówione artykuły, wysypywał na tackę garść drobnych.

Nigdy nie był w stanie przeliczyć tych pieniędzy. Na szczęście ręka zza okienka zawsze zgarniała je jednostajnym ruchem, sortowała do specjalnych przegródek w kasie fiskalnej i nigdy nie żądała więcej. Teraz następowała kłótnia ze staruszkiem, który we śnie Cyryla okupował jedyne miejsce, nadające się do zaadresowania koperty równym pismem. Staruszek był emerytowanym ułanem, który z iście kawalerską fantazją gardził ciałem bliźniego. Pod koniec każdej kłótni ostry szpic jego parasola lądował w oczodole Cyryla. Sprawca zajścia uciekał zawsze z miejsca zdarzenia. Poszkodowany miał jeszcze większe problemy z postrzeganiem wzrokowym świata zewnętrznego, mógł jednak zająć miejsce, zwolnione przez krwiożerczego starca.

Męczący proces kaligrafowania liter poprzedzał tragiczny finał. Moment naklejenia znaczka. Cyryl ujmował go dwoma palcami, podnosił do ust... i wtedy okazywało się, że nie ma w ustach ani kropli śliny. Odchrząkiwał. I nic. Myślał o najbardziej smakowitych kąskach, o najpiękniejszych dentystkach, z jakimi miał do czynienia. Obrazy rozpływały się w bezkształtne, różnokolorowe plamy, a jego jama ustna pozostawała sucha. Przewracał się długie godziny w pościeli, we śnie zaś udawał, że nagle zamyślił się nad pewnym metafizycznym zagadnieniem.

Budził się, zlany potem, w momencie, gdy urzędniczka uprzejmie informowała go, że zamyka urząd. Wychodził z przeklętego miejsca z suchym znaczkiem, suchym językiem, suchymi zębami... i budził się we własnym łóżku. Zarówno pot, jak i ślina, które w chwili przebudzenia kaskadami opuszczały jego wymęczone, obolałe ciało, napawały go goryczą. Sen ten był zjawiskiem wyjątkowo perfidnym. Uparty. Okrutny. Wyrafinowany. Sprawiał, że oprócz barów, w których szukał lekarstwa, pozwalającego mu przespać noc kamieniem, zaczął odwiedzać psychologa.

— Syndrom znaczka pocztowego — podsumował go bezlitośnie doktor psychologii. — Obawia się pan sytuacji, w której pańska ślinowa przypadłość uniemożliwi panu załatwienie ważnej sprawy.

— Ależ ja się do tego przyzwyczaiłem — protestował Cyryl. — Moja ślina potrafi bardzo skomplikować codzienne życie. Jak do tej pory uniemożliwiła mi załatwienie wielu istotnych dla mnie spraw — kontynuował. — Zawsze jednak potrafiłem otrząsnąć się z przygnębiającego nastroju.

— Hm... — burczał doktor, urażony sprzeciwem pacjenta odnośnie postawionej diagnozy. — Jest jednak wiele sytuacji życiowych, które na pana czekają. Ważne wybory. Decyzje. Na przykład czy musiał pan kiedyś ryzykować swoje życie, aby ocalić cudze? Nie? Sam pan widzi... Pańska podświadomość jest bardziej przewidująca — perorował. — Opiera się ona przy tym na dość przykrych doświadczeniach, związanych z nadmiernym i nieoczekiwanym wytryskiem śliny z pańskiej jamy ustnej... Pan nie tylko boi się przyszłości — ciągnął dalej. — Pan jest wręcz przerażony wizjami przyszłości, w której gra pan role tchórzy, przegranych idiotów... — tu psycholog zaczynał wymieniać szereg niepochlebnych przymiotników i rzeczowników, co przyczyniało się do szybkiego uiszczania opłaty za wizytę i odejścia Cyryla.

Opłaty te stanowiły poważny wydatek.

Cyryl zmuszony był zaprzestać składania wieczornych wizyt w barach. Jego trzeźwy umysł mścił się za podłe traktowanie, wyświetlając film, w którym główną rolę grał znaczek pocztowy. Śliniąc się bardziej niż zazwyczaj, z obłędem w oczach, Cyryl udawał się do pracy. Był grabarzem. Pracy nie stracił tylko i wyłącznie dlatego, że cmentarz położony był na bardzo odwodnionym i pustynnym terenie. Zagrabiając liście między kwaterami, długo rozmyślał nad słowami psychologa. Długo, intensywnie i skutecznie. Doktor nie miał racji. Świadczył o tym chociażby fakt, że kiedyś już znalazł się w sytuacji, kiedy mógł uratować czyjeś życie. Mógł, ale nie musiał. Każdy pochówek przyczyniał się do powiększenia jego mizernej pensji. Uświadomienie sobie, że psycholog nie ma racji, uruchomiło w życiu Cyryla długą reakcję łańcuchową. Zaprzestał wizyt u doktora na rzecz częstych wizyt w barach. Nie śnił. Mniej się ślinił. Otrzymywał przez to mniejszą pensję. Cmentarz leżał bowiem na wyjątkowo suchym terenie. Mumifikacja zwłok nie leżała zaś w interesie krewnych zmarłych. Oznaczała ona bowiem, iż poszczególne kwatery musiałyby przejść na wieczną własność wysuszonych trupów. Porządni obywatele obłudnie tłumaczyli się wysychaniem kwiatów i roślin, sadzonych na grobach bliskich. Mniejsza pensja — mniej alkoholu. Upierdliwy, psychodeliczny sen. Depresja. W tym czasie Cyryl znajdował się w stanie skrajnego ponuractwa i przygnębienia. Jego ascetyczna sylwetka - do tej pory nadająca grobowego smaczku każdemu pogrzebowi, teraz zdecydowanie zaokrągliła się tu i ówdzie. Stał się łatwym łupem speców od reklamy słodyczy oraz innego jadalnego paskudztwa. Skatowany umysł Cyryla nie potrafił przeciwstawić się podprogowej manipulacji, co znacznie przyczyniło się do uszczuplenia jego zasobów pieniężnych i zniweczenia szczupłej figury.

Ten pogrzeb okazał się przełomową uroczystością w życiu Cyryla. Pięć łopat piaszczystej ziemi. Jedna za drugą. Grzechot ziarenek piasku o wieko trumny. Łzy rodziny, nawadniającej przezornie ciało, aby szybciej uległo biodegradacji. Na szóstej łopacie ślimak. Nie nadążając z wytwarzaniem śluzu, który ginął w piaszczystym zamęcie, uparcie walczył o życie.

Zaokrąglona twarz Cyryla pogrążyła się w majestatycznej zadumie. Łzy przestały płynąć. Wszyscy z podziwem patrzyli na pomnikowe ciało grabarza, usytuowane nad grobem. Jedynie ksiądz patrzył ze zgrozą. Był to osobnik, który wszystkie reakcje bliźnich odnosił do siebie. Ludzie żyli bowiem dla bogów, a on był przedstawicielem jednego z nich. Czułym odbiornikiem ludzkich reakcji. Majestatyczność Cyryla była wręcz bluźniercza. Co więcej, jego łopata była wyraźnie wycelowana w księżowską czaszkę. Zimny pot spłynął po sutannie. Dreszcz. Skurcz. Odruch. Przeraźliwie krzycząc, zadarłszy wysoko czarną szatę, ksiądz rzucił się do ucieczki. Roztrącając na boki żałobników, dobiegł do głównej alei. Długie susy. Adrenalina. Oddaliwszy się od cmentarza wybuchnął histerycznym śmiechem. Jesienne kwiaty pachniały intensywniej. A on znowu wygrał pojedynek z szatanem.

Cyryl wciąż obserwował walkę ślimaka. Wysiłek. Stanowczość. Instynkt przetrwania. Odrzucona łopata głucho zadudniła takt na trzy czwarte na wieku trumny. On też się nie podda. Zamyślony, udał się do swojej budy, osamotniając czarne postacie nad niepełnym grobem. Wtedy żona zmarłego postanowiła zemdleć. Asekurując się łokciami, miękko spoczęła na załzawionym piachu. Wzrok współżałobników utkwiony był jednak w oddalającą się, dumnie zgarbioną postać Cyryla. Zmuszona do samodzielnego cucenia się, sięgnęła po pierwszą lepszą buteleczkę w torebce. Gwałtowne reakcje, powstałe w wyniku przedostania się spirytusu salicylowego do jej nosa, natychmiast postawiły ją na nogi. Feralna buteleczka zatoczyła zgrabny łuk, aby skropić trumnę w zastępstwie wdowich łez.

— My też coś przynieśliśmy! — ucieszyli się żałobnicy, znajomi denata. — Sądziliśmy, że to nie wypada...

Kilka butelek alkoholu spoczęło na dnie jamy grobu.

— Tylko nie wypij wszystkiego od razu! — żartowali. — To ci musi starczyć na całą wieczność.

Skuszone zapachem trunków, zza chmur wyjrzało słońce. Szybko parująca ciecz łez zmusiła przezornych krewnych do natychmiastowego zasypania grobu. Droga powrotna. Dzielenie się wrażeniami. Domysły.

— On go wywąchał! — twierdziła stara babula.

— Co wyczuł? Kogo? — dopytywali się, żądni wrażeń. — Szatana! — ze zgroza wymówiła te słowa.

— Gdzie? Kiedy? — odpowiedział jej szmer zaniepokojonych i zdumionych głosów.

— A kto ucieka? A dyć ten, co go zdemaskują.

Spadł więc grom z pochmurnego nieba. Dowiedział się od słońca o ziemskiej libacji i postanowił dokładnie rozejrzeć się w sytuacji. Na wniosek parafian ksiądz, posądzony o konszachty z duchem nieczystym, został zdegradowany przez biskupa do rangi kościelnego stróża. Los Cyryla także został przesądzony, ponieważ jego zdolności paranormalne zdecydowanie nie odpowiadały parafianom.

Wymówienie pracy, wypełniwszy szarą kopertę, spoczęło w szparze kilku desek, które pełniły funkcję drzwi do mieszkania Cyryla. Z czasem, na urzędowej bieli papieru pojawiły się brunatne zacieki. Później suchy wiatr wyrwał zwitek makulatury spomiędzy desek i rzucił go na pożarcie powietrzu. Cyryl już dawno opuścił swoją budę. Istniało antidotum na chorobliwy sen. Należało znaleźć osobę, która zgodziłaby się poślinić mu znaczek pocztowy, kiedy tylko by tego zechciał. Niestety, zapewnienie stałego towarzystwa jakiejś osoby było niemożliwe.

Cyryl zdecydował się na psa. Wspaniale śliniący się buldog stanowił równowartość jego upłynnionego majątku. Muskularne zwierzę było niesamowicie ruchliwe. Potrzebowało ogromnych ilości pożywienia, które gwarantowało mu utrzymanie w zdrowiu energicznego, potężnego cielska. Przymierając głodem, żebrząc o kości u rzeźników, polując na bezdomne psy i koty oraz stosując inne drastyczne środki i półśrodki, Cyryl dbał o to, aby sierść jego czworonoga nie straciła aksamitnego połysku. Buldog szybko zaadaptował się do warunków, stworzonych przez nowego właściciela. Pożerał wszystko. Jak się okazało, nie gardził także znaczkami pocztowymi. Przesądziło to o kolejnej zmianie właściciela. Znaczki pocztowe stanowiły jednak odtąd rarytas w jadłospisie psa, który do końca swoich pchlich dni robił wszystko, aby wzbogacić swój organizm o pocztowe „witaminy". Z zaciętym wyrazem pyska zaciągał kolejnych właścicieli na pocztę, gdzie siał spustoszenie, pogrom i panikę wśród klientów. Przechodził za bezcen z jednych udręczonych rąk do rak, które smak tej udręki miały dopiero poznać.

Trafił w końcu do pewnego naukowca, który, poznawszy słabe strony swojego zwierzątka, potrafił sprytnie zapanować nad nim. Znaczki pocztowe przyczyniły się do kilku ważnych odkryć w dziedzinie tresury.

Buldog zmarł na atak serca w kwiecie wieku. Przyczynił się do tego znaczek pocztowy z podobizną przedstawiciela jego rasy. Naukowiec, w podzięce za otrzymane, prestiżowe nagrody, często odwiedzał grób swego psiego królika doświadczalnego, cichaczem grzebiąc w ziemi serie znaczków pocztowych. Czasami wydawało mu się, że słyszy pełne wdzięczności szczekanie psa, który zwęszył wspaniałą ucztę. Mogło się mu to jednak tylko wydawać.

Pozbywszy się wszystkożernego śliniacza znaczków pocztowych, Cyryl zmuszony był znaleźć jego następcę. Wciąż bowiem chciał wygrać batalię przeciwko swoim lękom. Tymczasem nadeszła zima. Otulając się smrodem własnego, dawno niemytego ciała oraz szarością dawniej kolorowych łachmanów, Cyryl nocował na dworcach. Sypiając na starych gazetach, często zapoznawał się z ich treścią. Niepokoiły go dwa, ostatnio dość często wytłaczane czcionkami na papierze tematy. Pierwszy dotyczył jego współcierpiętników, zamarzających w zaśnieżonych częściach świata, na źle ogrzewanych poczekalniach dworcowych. Ich los na długi czas paraliżował wydzielanie śliny przez współczującego Cyryla. Z obawą patrzył w dworcowo — kolejową przyszłość, mającą zostać przysypaną śniegiem. Obawy te potęgował drugi hit pierwszych stron gazet. W krótkich, komunikatywnych zdaniach, liczni dziennikarze pisali o przedsięwzięciu,

73

mającym uzdrowić rodzimy przemysł tekstylny. Likwidacja ciu- chodajnych szmateksów. Ciepłych, pachnących środkami dezynfekującymi, starych, ale skutecznych w walce z zimnem ubrań.

Cyryl ciężko wzdychał, śledząc efekty wojny, wypowiedzianej lumpeksom, a jego ręce kurczowo zaciskały się w pobliżu szyi, w poszukiwaniu ciepłych skrzydeł szalika. Szalik ten zgubił, uciekając z tramwaju przed natrętnym konduktorem. Nie mógł się jednak pogodzić z jego utratą. Częstotliwość ciężkich, świszczących oddechów zwielokrotniała się, a jego palce coraz szybciej manewrowały wzdłuż linii obojczyków, aby w końcu zastygnąć rozczapierzoną bryłą ciała.

Kloszardzka brać, z racji tych dziwnych, mimowolnych odruchów już dawno uznała go za pomylonego. Wrażenie to potęgował symptom nadmiernego ślinienia się. Często, litując się nad „niepełnosprawnym" towarzyszem niedoli, bezdomni dawali mu trochę jedzenia lub rozgrzewającego, kojącego lęki i tęsknoty spirytusu. Te małe dawki pożywienia i alkoholowej nadziei podtrzymywały przy życiu zaśliniony i cuchnący organizm Cyryla. Organizm ustawicznie dręczony pocztowym snem. Oscylując na granicy snu i jeszcze potworniejszej rzeczywistości, wegetował na ławkach brudnych poczekalni, brutalnie szarpany za nieistniejący szalik przez funkcjonariuszy policji.

Pewnego słonecznego, lecz śmierdzącego dnia Cyryl przefiltrował przez spleśniałą skórkę chleba pewien niebieskawo - fioletowy płyn. Uczta, która miała później miejsce na dworcu PKP, na długo zapadła w pamięci licznych podróżnych, którzy mieli nieszczęście przebywać w danym miejscu o danej godzinie oraz funkcjonariuszy SOK i policji, którzy pełnili wtedy służbę. Wdychając szlachetną woń otrzymanego napoju, Cyryl zmrużył w zachwycie oczy. Nie zauważył, jak ze wszystkich stron dworca, zwabione zapachem, ruszyły w jego kierunku obdarte, brudne istoty o plugawej fizjonomii. Ich wzrok utkwiony był w butelce po coca-coli, w której fioletowiał płyn. Cyryl, wciąż odgrodzony powiekami od świata zewnętrznego, pociągnął pierwszy łyk. Wzrok obskurnej gawiedzi zawisnął na jego krtani. Jabłko Cyryla zatoczyło piękny łuk. Przełknął. Z ust spieczonych, z krtani przeżartych, z płuc podziurawionych, wydany został jęk... Łapczywy, zachłanny, przepojony bólem dworcowej egzystencji. Cyryl zakrztusił się i z wysiłkiem podniósł bezrzęsą barierę powiek. Naprzeciw niego błyszczały oczy kilkudziesięciu cieni ludzkich, spragnionych jego alkoholu. Ich strzępki płuc z wysiłkiem poruszały klatkami piersiowymi.

Wychudzone twarze zobrazowały sobą hasło „pożądliwość" od A do Z. Zobaczył je jeden z malarzy, który właśnie jechał na kotlety do swojej babci. Bogactwo materiału, jego ekspresja i niepowtarzalny wyraz uszczęśliwiły go. Od dawna cierpiał na chroniczny brak tematu swej nierozpoczętej pracy. Płótno już lekko oklapło na podtrzymujących je od kilkunastu lat ramach. O jego artystycznym fachu świadczył już tylko dyplom, zaśmiecający dolną szufladę szafy oraz pojękiwania jego babci nad nieprzystosowaniem do życia rodzonego wnuka.

Babcia była jedyną osobą, która jeszcze uważała go za artystę, a na dodatek smażyła wspaniałe kotlety, wywołujące przebłyski geniuszu. Owe przebłyski gasiła jednak gorąca woda z imbirem, którą musiał obowiązkowo wypić po każdym posiłku. Zawsze, kiedy wybierał się do babci, miał nadzieję, że zapomni ona o tym napoju. Jedyną rzeczą, która zapomniała jego babcia, była nazwa lekarstwa przeciwdziałającego sklerozie. Wykupiła je niegdyś w olbrzymiej ilości, a następnie wlała do kilkunastu beczek. Stały w piwnicy, zamykanej na kilkanaście zamków. Babcia była mądrą kobietą i wiedziała, że cały sekret kobiecej władzy tkwi w dobrej pamięci. Pamiętała więc zawsze o żelaznej dawce imbiru, którą musiał na jej oczach wypić wnuk. Teraz wnuk nie musiał już czatować na przedłużenie pokotlecich przebłysków geniuszu. Nagłe natchnienie pozostało jednak bezowocnym, ponieważ kilka godzin później jedna z zamroczonych alkoholem muz wepchnęła przypadkiem malarza pod koła pociągu, spocząwszy pod nimi kilka sekund później.

Cyryl najpierw spostrzegł pożądliwe spojrzenia. Dopiero później, gdy na skutek bezruchu otaczających go sylwetek ludzkich jego alarm bezpieczeństwa wyłączył się, ujrzał sytuację w świetle obiektywnym. Wyciągały się ku niemu ręce z kiszonymi ogórkami, marynowanymi grzybkami i innymi rarytasami, mającymi za zadanie zneutralizować energię alkoholu (zgodnie z zasadami jing i jang) Rozpoczęła się uczta, w czasie której Cyryl doznał olśnienia. W wyniku olśnienia stwierdził, że jest głupi. Jako że wokół wszyscy tak jakoś zmądrzeli pod wpływem denaturatu, Cyryl postanowił opuścić towarzystwo, w którym jego głupota mogłaby wyjść na jaw i stać się obiektem słownych spekulacji. Zdenerwował go zwłaszcza jeden sąsiad w futrzanej baranicy na przetłuszczonych grudkach włosów. Wyjaśnił mu on, dlaczego nie zrobił habilitacji. Nie było to możliwe, ponieważ zazdrośni konkurenci w wybranej dziedzinie nauki uniemożliwili mu zdobycie tytułu magistra. Wcześniej natomiast trudne warunki życiowe sprawiły, że nie dotrwał do matury w szkole średniej. A już zupełny pech chciał, że nie skończył podstawówki. W przedszkolu był natomiast obiektem zainteresowania wszystkich nauczycieli przez całe osiem godzin, które w nim spędził, sprzedając dzieciom petardy, kończyny lalek oraz gazety dla dorosłych. Opowieść ta była zapewne wynikiem kompleksów, gdyż większość bezdomnych na tym dworcu posiadała tytuły naukowe. Tymczasem kloszardzka brać, fosforyzując fioletowymi nosami w półmroku, zapanowała nad dworcem. Półmrok był wynikiem odgórnych poleceń kierownika stacji, który obawiał się o estetyczne doznania podróżnych. Spuścił więc zasłonę mroku na dantejskie sceny, jakie miały nastąpić i nastąpiłyby, gdyby nie policja.

Walcząc jak lwy, policjanci dokonali bohaterskiego czynu przewiezienia niedoszłego doktora habilitowanego na izbę wytrzeźwień, po czym, doszczętnie obrzygani, udali się do domów, aby doprać mundury i poskarżyć się małżonkom, mamom i babciom. Gdyby zegary dworcowe były wyposażone w funkcję wydzwaniania ważnych chwil, z pewnością, jak jeden mechanizm, obwieściłyby wszem wobec wiekopomną chwilę, kiedy to krople denaturatu podrażniły żołądek Cyryla. Ludzkie żołądki są dobrze wychowane. Kiedy już obrażą się na swych właścicieli i postanowią trefny towar odesłać, grzecznie zawiadamiają o tym. Telefon od żołądka odbiera jama ustna.

Wkrótce ślinianki zaczynają pracować. Wzmożone wydzielanie śliny oznajmia nadchodzącą przesyłkę. Strumyk śliny... Potok śliny... Rzeka śliny... Dworzec położony był znacznie niżej niż reszta miasta. Gdyby Cyryl utonął we własnej ślinie, z pewnością byłoby to bardziej abstrakcyjne niż śmierć kilkuset osób, które utonęły wtedy w cudzej wydzielinie. Dawno niemyte ciało, jak i przepocone, sztywne, natłuszczone brudem ubrania Cyryla, uratowały mu życie. Prześlizgnął się na fali swojej śliny i delikatnie przycumował przy chodniku wyżej położonej ulicy. Wyczołgał się na płyty. Odwrócił. Za nim rozpościerało się jezioro. Zadumał się nad swoim dziełem. Po czym, zgięty wpół nagłym odruchem bezwarunkowym, przyprawił misę jeziora akcentem odżołądkowym.

Ocknąwszy się z szoku powymiotnego, znalazł obok siebie wzdęte ciało topielca. Jego ubranie, opłukane świeżą śliną i wysuszone przez sprzymierzeńca - poranne słońce, diametralnie zmieniło wygląd Cyryla. Stare szmaty, nasączone wydzielinami ciała, spoczęły w koszu na śmieci. Wyrzucił tam też zlepki ciężkich kłaków, które obciął nożyczkami znalezionymi przy topielcu. Długo patrzył w lusterko. Długo, z rezygnacją, z rozpaczą. Dotychczasowe życie wypełniała mu walka z własnymi lękami, paranoicznymi wymysłami, własnym odbiciem lustrzanym. Miotał się bez sensu po kilku kilometrach kwadratowych globu. Zaklęty rewir, z urzędem pocztowym w centrum. Kolejny raz zdecydował się walczyć. Najpierw musi rozprawić się ze swoimi fobiami. Później powoli nauczyć się żyć, a następnie korzystać z efektów tej nauki. Już raz zaczął walczyć, kiedy zainwestował cały swój majątek w buldoga. Teraz miał przy sobie małą sumę pieniędzy topielca. Nagle zaświtała mu w głowie antyhumanitarna myśl... Jeżeli każde wymioty uśmierciłyby w trybie natychmiastowym kilka osób z portfelami, to suma, jaką by zebrał, byłaby wprost proporcjonalna do wysiłku, związanego z niefizjologicznym wydaleniem pokarmu. I może wystarczająca, aby zneutralizować instytucję znaczka pocztowego. Wychowany na bajkach, w których zło przegrywa, powrócił do bardziej humanitarnych pomysłów.

Nagły pisk opon. Cyryl w ostatniej chwili opuścił tor, po którym poruszał się samochód. Od kilku dni, które nastąpiły po Wielkim Ślinowym Szaleństwie jego organizmu, musiał ukrywać się przed żądnymi zemsty funkcjonariuszami policji. Szukali go na zadaszonych przystankach autobusowych, niesękatych ławkach w parku, przejściach podziemnych, kanalizacji...

Obudził go szelest własnej krtani, przesuwającej się po szorstkiej powierzchni płótna. Przełknął ślinę. W małym pomieszczeniu panował półmrok. Kraty na oknach. Policjanci okazali się sprytniejsi od niego lub też ich chęć zemsty i spełnienia patriotycznego obowiązku, w postaci ujęcia groźnego osobnika, okazały się silniejsze niż motywy sterujące zachowaniem Cyryla. Kiedy przyszli strażnicy, aby zaprowadzić go na salę rozpraw sądowych, dał posłusznie sobą kierować.

Przesłuchanie. Rosły, zdrowy mężczyzna, pełniący funkcję oskarżyciela, z zadowoleniem wsłuchiwał się w tembr swego głosu, którym zadawał podchwytliwe pytania. Cytrynowy krawat z delikatnym rysunkiem owoców jako akcent eleganckiego ubioru. Przesłuchiwany Cyryl podążał wzrokiem za oskarżycielem. Już z założenia był jego wrogiem. Chciał mu wyrządzić krzywdę w imię prawa. Płacono mu za to. Cyryl odczuwał do tego osobnika zdecydowaną niechęć. Był zadbany, u szczytu sławy adwokackiej, a Cyryla traktował jak zwierzę, obdarzone odrobiną ludzkich cech oraz groźnym Symptomem Nadmiernego Wydzielania Śliny.

Podgatunkowość i ów przymiot dyskwalifikowały go jako pełnoprawnego obywatela. Natomiast cechy ludzkie wskazywały, iż jest w stanie kierować swoimi działaniami. To oznaczało, że można go przykładnie ukarać, jako świadomego popełnianego przestępstwa.

— Chyba nie muszę przypominać, do jak wielkiej katastrofy i jak dużych strat materialnych doszło w wyniku zalania dworca PKP i kilku przyległych ulic przez ślinę oskarżonego — kontynuował przemowę Mężczyzna w Cytrynowym Krawacie.

— Powtórzę jednak te liczby i kwoty, aby uprzytomnić zebranym, że wypuszczenie na wolność oskarżonego może doprowadzić do kolejnej katastrofy — tu wymienił ciąg liczb. — A na to nie powinniśmy się zgodzić...

Burza oklasków w odpowiedzi. Cyryl zastanawiał się, czy jego praca i cały ten dzisiejszy show stanowi takie źródło satysfakcji dla Mężczyzny w Cytrynowym Krawacie, ponieważ jest owocne w pieniądze. A może oskarżyciel uwielbia kopać leżącego i udowadniać komuś, że ma nieograniczoną władzę nad jego losem? Gazety już kilka lat temu ochrzciły go mianem Brzytwy. Ostry. Odcinał tonącego od resztek nadziei.

— Optuję za karą dożywocia — burza oklasków już przycichła. — Z uwagi na nieuleczalność przypadłości oskarżonego uważam, iż karę dożywotniego pozbawienia wolności powinien odbywać w specjalnym pomieszczeniu, pod opieką specjalistów. Ten wybrakowany organizm ludzki stanowi zagrożenie nie tylko dla całych społeczeństw, ale również środowiska naturalnego...

Dalszy ciąg wywodów utonął w szumie gwałtownych wypowiedzi zebranych na sali nie śliniących się obywateli. Cyryl z nienawiścią obserwował twarz oskarżyciela. I z zazdrością. Jakże chciałby być kimś szanowanym, dostrzeganym obiektem pożądania z punktu widzenia towarzysko — socjalnego i płciowego. Mężczyzna w Cytrynowym Krawacie podszedł właśnie do Cyryla, aby słowa w powiązaniu z bliskością opisywanego podmiotu odniosły pożądany skutek.

Upokorzenie, jakie jest udziałem osoby, którą się ocenia, nie licząc się z jej obecnością, wpłynęło na los cytrynowego krawata. Dobrze wycelowana grudka śliny zwilżyła skórkę narysowanych owoców.

Podłoga celi, w której umieszczono Cyryla, podziurawiona była dużą liczbą zakratowanych otwo- rów studzienek ściekowych. Miały one za zadanie odprowadzać wytwór jego ślinianek do pobliskiej oczyszczalni ścieków. W razie niebezpieczeństwa zalania śliną więzienia, klawisze mieli do wykorzystania jeszcze jeden środek bezpieczeństwa. Była to dźwignia zapadni, o wysokim poziomie technicznym, która znajdowała się w celi Cyryla. Pod nią znajdowały się specjalne urządzenia, mające za zadanie rozrzedzać ślinę, aby ułatwić jej przepływ. Z uwagi na niehumanitarny charakter tego urządzenia — Cyryl po dostaniu się tam nie miałby najmniejszych szans na przeżycie, wiadomość o jego istnieniu zaklasyfikowana została do informacji ściśle tajnych.

Łóżko. Szafka. Szafa. Ubikacja. Umywalka. Telewizora brak. Psycholodzy zgodnie orzekli, że treść większości programów oraz reklam mogłaby wydatnie przyczynić się do zwiększenia ilości śliny, wydalanej przez Cyryla. Tymczasem tuż po umieszczeniu nowego podopiecznego w celi wszelkie objawy anormalności ślinianek ustały. Więzień leżał na łóżku i patrzył ustawicznie w jeden punkt. W ogóle nie wydalał na zewnątrz śliny. W ciągu kilku tygodni nawet nie splunął. Naukowcy, popijający kawę i obserwujący wnętrze celi dzięki systemowi monitoringowemu, byli zawiedzeni. Obiekt ich szczerych zainteresowań nieświadomie odmówił współpracy. Zjawisko to było niepokojące i zdawało się podważać prawomocność werdyktu sądowego.

Więzień, aczkolwiek skrajnie apatyczny, nie wydawał się stwarzać jakiegokolwiek zagrożenia dla społeczeństwa. Pewnego prozaicznego, więziennego dnia, do celi Cyryla wkroczyła komisja, mająca na miejscu zbadać przyczyny zaniku anomalii ślinianek. Cyryl leżał na łóżku. Jego wzrok uparcie wbity był w ścianę. Odpowiadał nieco sennie, ale całkiem do rzeczy na zadawane pytania. Tylko wciąż nie odrywał wzroku od ściany. W końcu wszyscy członkowie komisji zaczęli zerkać w tym kierunku. Na ścianie wisiał obraz Matki Boskiej, oprawiony w ząbkowaną ramę. Typowy, kolorowy. Zdumienie ogarnęło komisję. Czyżby to siła wiary sprawiła, że zanikły wszelkie chorobliwe objawy? Po krótkiej konfrontacji swoich poglądów, postanowili sformułować rzeczowe i rozstrzygające pytanie:

— Czy to ten obraz wpłynął na to, że przestał się pan ślinić?

— Tak! — jęknął boleśnie Cyryl.

Obraz Matki Boskiej wyglądał jak duży znaczek pocztowy. Wisiał przed nim, paraliżując ślinianki i silną wolę. Mógłby przecież wstać, zerwać go ze ściany i wszystko wróciłoby do normy. Obezwładnienie. Niechęć do ruchu. I jeszcze może strach, że coś mogłoby się stać. Znaczek ów .był duży, więc reakcja organizmu po jego zniknięciu mogłaby mieć gorsze skutki niż w chwilach przebudzenia po koszmarnym śnie. Sny nawiedzały go noc w noc. Pojawiły się kolejne warianty koszmarnych przeżyć w przybytku znaczków pocztowych. Osoby z kolejki okazywały się być potwornymi ośmiornicami, które, oplótłszy go ciasno ramionami, trzymały go przed wystawą starych znaczków pocztowych. Plejada przerażających, posmarowanych warstwą kleju, kawałków papieru. Nerwica ślinianek. Gwałtowne skurcze. Narastająca, napływająca falami, gorąca suchość jamy ustnej. Zamieniając się w pożar, budziła go ze snu.

Otwierał oczy, a ze ściany celował w niego brutalnie swą formą znaczka pocztowego obraz. Powstały w jego jamie ustnej pustynny klimat, skłonił go do rozmyślań o tym rejonie geograficznym. W obramowaniu ramy obrazu, zamiast statycznej postaci Matki Boskiej, przesuwały się kolejno ujrzane kiedyś w telewizji sceny. Dziecięce, głodne oczy, oblepione muchami. Wydmy. Piasek. Burze piaskowe. Chude, wyszkielecone postacie w kolorowych łaszkach opinających wzdęte brzuchy.

Tak jak oni liczyli na deszcz, dzięki któremu ziemia mogłaby wydać jakiś plon, tak on czekał na normalizację funkcji ślinianek. Obraz wciąż wisiał. Wiadomość o cudownym uzdrowieniu wydostała się poza mury separatki Cyryla.

O obraz zatroszczył się Kościół. Zabrano reprodukcję z wizerunkiem Matki Boskiej, pozostawiając prostą, ząbkowaną ramę, którą uznano za niegodną oprawiania cudownego obrazu. Miała ją wypełnić inna reprodukcja, która jednak do celi nigdy nie dotarła, gdyż strasznie spodobała się jej doręczycielowi. Przedstawiała wspaniałego jelenia, który, dumnie prezentując swoje poroże w świetle księżyca, puszczał hollywoodzki uśmiech w kierunku potencjalnych obserwatorów.

Pozostała na ścianie pusta rama spełniała dobrze swoją leczniczą rolę. Jej przestrzeń wypełniał obrazami umysł Cyryla. Komisja zgodnie orzekła, że został wyleczony ze swej dziwnej choroby. Przemawiał za tym fakt, iż pozbawiony obecności cudownej reprodukcji, wciąż się nie ślinił.

— Może już pan wyjść! — poinformował go pewnego dnia strażnik, zostawiając za sobą otwarte drzwi.

Kosmiczne gówna

Włodek inaczej wyobrażał sobie karierę w leśnictwie. Wybierając kierunek studiów widział siebie na ciepłej posadce w zarządzie jednego z parków narodowych. Zakończył naukę z jedną z najwyższych średnich ocen na roku. Życie kieruje się jednak swoimi prawami, co nie powinno go zdziwić, a jednak zdziwiło. Wysyłane aplikacje i życiorysy trafiły w próżnię, z której nie otrzymał żadnej odpowiedzi. Po upływie pół roku, zmotywowany sarkastycznymi wypowiedziami rodziców, zaczął się starać o bardziej poślednie stanowisko.

Wylądował w lasach, będących własnością Gminy Oborniki. Do tej pory zagorzały zwolennik życia w zgodzie z naturą, po roku pracy przy zmiennej aurze zaczął tęsknić za konsumpcyjnym stylem życia. Przeciekająca w listopadowe noce leśniczówka wprowadziła go w lekki stan psychozy. Gdyby zobrazować tok jego rozmyślań z czasów pierwszej jesieni, spędzonej w lesie, za pomocą filmu, wszyscy, nawet zwolennicy horrorów, uciekliby z kina, w którym by go wyświetlano. Świat jednak nie wiedział o Włodku i jego rozmyślaniach, więc raczej nie groziło mu, że zainteresuje swoją osobą jakiegoś wścibskiego scenarzystę. Łączność ze światem zapewniał mu telefon stacjonarny, ale tylko w rzadkich momentach walki z lokalnymi kłusownikami, którzy po naukę dywersji jeździli chyba do Libii. Przez większość roku telefon nie działał. W lesie nie było zasięgu i telefon komórkowy był także bezużyteczny. Antena telewizora (nie opłacał abonamentu) wyłapywała tylko sygnały telewizji publicznej. Dziewczyna Włodka uciekła przy pierwszym potopie w leśniczówce, do którego przyczynił się zwykły (nie żadna ulewa) deszcz oraz odziedziczony po wyluzowanych poprzednikach przeciekający dach.

Przy panującej wszechobecnie wilgoci Włodek odkrył w swojej sypialni nowe, nieznane nikomu gatunki grzybów, ale, rozgoryczony kolejami swojego losu, nie pałał zbytnio chęcią, aby podzielić się tym odkryciem z nauką. Przez rok mieszkania w tym budynku Włodek przechodził przez różne przemiany osobowości i nastrojów. Najpierw była nerwica, która przemieniła się w psychotyczne otępienie socjopaty, aby zakończyć się lokalną, obornikową odmianą depresji. Na tym etapie kłusownicy polowali w pobliżu leśniczówki, pozostawiając czynny telefon stacjonarny, i nie musieli się obawiać jakiejkolwiek reakcji leśniczego. Włodek był pewien, że już nic gorszego go nie spotka. Ułożył własną filozofię życiową, bazującą na treści szkolnej gazetki z podstawówki. Filozofię tę można było streścić w ośmiu punktach.

1. I tak ci nic nie wyjdzie, więc nie masz się po co starać.

2. Nawet jak ci coś wyjdzie, to później będzie już tylko gorzej.

3. Nie ciesz się z tego, co masz, bo inni mają więcej.

4. Martw się na zapas, nie będziesz zdziwiony, jak coś ci nie wyjdzie.

5. Psuj humor innym - będzie ci raźniej.

6. Zazdrość innym tego, co mają - dłużej będziesz chodził smutny.

7. Im gorzej ci się wiedzie, tym bardziej lubią cię znajomi.

8. Im wyżej zajdziesz, tym dłużej będziesz spadać w dół. A jeśli zajdziesz za wysoko, to spadając połamiesz sobie nogi.

Włodek początkowo planował podzielić się swoją filozofią na Facebooku, nie posiadał jednak w leśniczówce Internetu. Mógł skorzystać z kafejki w bibliotece, ale bibliotekarka była żoną jednego z kłusowników i resztki dumy nie pozwoliły mu udać się do tego przybytku. Po kilku tygodniach do ośmiopunktowej filozofii Włodek dołączył punkt 9. „Życie jest do dupy, skoro nie możesz wymyślić punktu 9".

Po kilku dniach letnich podtopów, które nawiedziły w tym czasie leśniczówkę, a który to czas wolał spędzać na zewnątrz, nie miał już żadnych problemów ze sformułowaniem punktu 10 swojego nihilistycznego dekalogu. Brzmiał on następująco: „Zawsze może być gorzej".

Do tej refleksji przyczyniły się fioletowe gówna w kształcie świderków, które odkrył w szkółce leśnej, a które spaliły całą uprawę. Swoje podejrzenia, całkiem słusznie, po roku rozmaitych doświadczeń, Włodek skierował ku kłusownikom. Stwierdził, iż są upierdliwi ponad normatywną miarę i wkurzył się. Były to pierwsze poważne emocje po długim okresie otępienia. Do gniewu dołączył lęk przed zwierzchnikami, którym będzie musiał zdać raport z uszkodzenia całej szkółki. Przez kilka dni ślęczał przy komputerze, produkując zwięzłą relację (miał problemy z pisaniem od szkoły podstawowej), w której jako główny czynnik szkód podał fioletowe gówna. Dbając o statystyczny wymiar raportu udał się po kilku dniach do szkółki, aby policzyć odchody.

Niestety, w tym czasie natura zrobiła swoje i gówna uległy rozkładowi. Włodek doznał kolejnych emocji - ogarnęła go rozpacz. Cały dzień spędził w toalecie, cierpiąc na biegunkę. Przy piętnastym sraniu udowodnił prawdziwość powiedzenia, iż potrzeba jest matką wynalazków. Postanowił obarczyć winą nowe gatunki grzybów, których kolonie ozdabiały ściany jego sypialni. Podtarłszy tyłek pobiegł do komputera, by stworzyć nową wersję raportu. Niestety, zauważył, że skończył mu się papier w drukarce. Postanowił napisać pismo następnego dnia, po czym udać się po papier do sklepu. Podbudowany swoją genialnością poszedł spać.

Nazajutrz obudził się z pustką w głowie. Pamiętał tylko, że wymyślił coś przekonującego, ale nie mógł sobie przypomnieć, co to było. Licząc na kolejne przebłyski geniuszu tłumaczenia się, postanowił mimo wszystko zaopatrzyć się w papier do drukarki. Zapakował przezornie trzy rolki papieru toaletowego do plecaka (gdyż biegunka wciąż o nim pamiętała) i udał się do szopy po rower. Była to samoróbka i łup wojenny z czasów walki z kłusownikami. Świadomość posiadania tego pojazdu podbudowywała jego ego: „Może jednak nie jest kompletnym nieudacznikiem?"

Okazało się jednak, że jest. Kłusownicy postawili krzyżyk na rowerze — był zbyt charakterystyczny, by go odbić i dalej używać. Postanowili jednak uniemożliwić Włodkowi korzystanie z niego i zwichrowali koła pod nieobecność leśniczego. Włodek doznał uczucia gniewu i natychmiast pobiegł do toalety, aby wypróżnić kiszki, paskudząc przy tym całą muszlę klozetową. Wkurzyło go to jeszcze bardziej. Postanowił udać się do Obornik na piechotę. Jego szlak prowadził głównie torami kolejowymi. Trzeba było odbić z nich w pewnym miejscu i już tylko kilka kilometrów dzieliło go od obornikowej cywilizacji.

Włodek zawzięcie dreptał torami, schodząc z nich, gdy szyny zaczynały dzwonić, zwiastując nadjeżdżający pociąg, albo kiedy dopadał go atak biegunki. Jakoś nie chciał zginąć w trakcie srania na torach.

"Czyżby depresja minęła?" Zastanawiał się, analizując te oznaki zapobiegliwości. W trakcie jednego z posiedzeń pod krzakiem minęła go szybka lokomotywa. Włodek doznał nagłej gnozy.

— Co się dzieje? — Zastanawiał się. — Przecież w Polsce nic tak szybkiego nie jeździ. Czyżby kłusownicy dostali prezent z Libii za opowieści o jego porażkach? Nie wiedział, iż właśnie minął go kosmita o swojskim imieniu X — 442. Został on wydalony ze swojej planety za złą grę w piłkę nożną. Władca jego planety wysłał go na Ziemię, gdzie pozbywali się nadmiaru śmieci, umieszczając je w pojazdach, zwanych przez ludzi „latającymi talerzami". Doradcy srogiego kibica - Władcy Y - ZXD znaleźli kraj z najgorszą kadrą piłkarską, według typowań rodaków piłkarzy, jako miejsce zsyłki i tym sposobem X - 442 trafił do Polski.

Już w jednym z pierwszych dni pobytu na Ziemi skomplikował życie kilkunastu urzędnikom z wrzodami żołądka ze skarbówki oraz ocalił od sromotnej klęski w szkołach kilkudziesięciu uczniów (był to czas zaliczeń) poprzez porwanie pociągu odchodzącego ze stacji Oborniki o 6:55. Żaden ze statystycznych studentów, jeżdżących tym pociągiem, nie pojawił się tego dnia na peronie, co można wytłumaczyć kosmicznym wyczuciem sytuacji, charakteryzującym większość osobników, którym udało się przeżyć kilkanaście lat w roli adeptów polskiego szkolnictwa.

K - 442 był głodny. Kilka dni temu wylądował w obornikowych lasach. Z powodu migracyjnego stresu dostał rozwolnienia, które uwięziło go w sferze leśnego chaosu. Jego „spodek" uległ samounicestwieniu i nic materialnego nie łączyło go już z odległą cywilizacją, w której się wychował. Okazał się podatny na fluidy obornikowej melancholii, ale jako nowy w tym depresyjnym ekosystemie, wciąż posiadał wolę walki. Niestety melancholia obniża sprawność psychofizyczną i X - 442 okazał się marnym maszynistą, polskie tory również nie były przyzwyczajone do kogoś bardziej aktywnego, niż apatyczni pracownicy PKP. Pociąg wykoleił się kilkaset metrów po minięciu Włodka. Do katastrofy mógł się przyczynić fakt, iż potrzeba zagnała X - 442 do toalety, a ciuchcia nie była wyposażona w zdalne sterowanie myślami. X - 442 przeżył katastrofę w nienaruszonym stanie. Opuścił pojazd i znowu zmuszony był skonfrontować się z chaosem natury.

Tym razem trafił na ślad ludzkiej cywilizacji w postaci leśniczówki Włodka. Swoim ósmym zmysłem wyczuł, że w środku nie ma nikogo. Postanowił poszukać czegoś do jedzenia. Nie znał się na ziemskich pokarmach, ale w trakcie pobytu w lesie polubił grzyby, dlatego nie pogardził naroślami ze ścian sypialni leśniczego. Przykry zapach dochodzący z toalety szybko wykurzył go z budynku. Wychodząc zabrał ze sobą sportowy łuk Włodka — pamiątkę po beztroskim, studenckim życiu i aktywności w AZS-ie. Tymczasem Włodek w trakcie swojej wędrówki postanowił zostać optymistą i przekształcił nieco swój dekalog. Po spojrzeniu nań przez różowe okulary, wyglądał on następująco:

1. I tak ci nic nie wyjdzie, więc nie masz się po co starać, ale czymś trzeba zająć czas.

2. Nawet jak ci coś wyjdzie, to później będzie już tylko gorzej, ale przynajmniej coś się dzieje.

3. Nie ciesz się z tego, co masz, bo inni mają więcej, ale przynajmniej nie masz takich problemów jak oni przy przeprowadzce.

4. Martw się na zapas, nie będziesz zdziwiony, jak coś ci nie wyjdzie, a za to odkryjesz w sobie dar proroka.

5. Psuj humor innym - będzie ci raźniej (punkt piąty pozostawił bez zmian, uznając go za wyjątkowo optymistyczny). Zaczął chichotać, wyobrażając sobie własne zjadliwe żarciki, ale

protest zwieraczy przywrócił jego uwagę do rzeczywistości.

Właśnie wyszedł z lasu. Przed nim rozpościerała się otwarta przestrzeń pól, usiana postaciami kłusowników, zasiadających za kierownicami traktorów. Włodek czuł, iż nadchodzi kolejny atak biegunki, ale już poczuł na sobie wzrok wrogów i nie mógł tak po prostu zawrócić na pięcie i pobiec z powrotem do lasu. Przeszedł niepewnie kilka kroków, wbijając wzrok w asfalt, który oznaczał początek cywilizacji. Coś szarego pojawiło się w polu jego widzenia i uparcie wwiercało się w siatkówkę oka. Mimowolnie spojrzał w lewo i na jego twarzy pojawił się pierwszy od wielu miesięcy uśmiech. Wzdłuż szosy przebiegał nienaturalnie pogłębiony rów. Świeżo rozkopana ziemia o gliniastej konsystencji rodziła współczucie gleboznawców dla wysiłków tutejszych rolników i zrozumienie dla ich dodatkowej działalności w postaci kłusownictwa. Dla Włodka wyglądało to jak zapobiegliwość szaleńca, który wykopał okopy w związku z mającym nastąpić atakiem atomowym i potężną falą uderzeniową. Szaleńcem był wójt.

Zbliżały się wybory, a asfalt na szosach trzymał się uparcie kilka lat, co było ewenementem na skalę kraju, więc musiał w inny sposób dać świadectwo swojej aktywności.

Włodek zsunął się do rowu, zdjął spodnie, przykucnął i zaczął rozmyślać nad swoim dekalogiem. Po chwili powstało optymistyczne przykazanie numer 6: Zazdrość innym tego, co mają, dłużej będziesz chodził smutny, ale przynajmniej przeżyjesz jakieś emocje. Przy punkcie 7 Włodek stwierdził, iż musiał popełnić jakiś błąd logiczny, gdyż zazwyczaj ci, którym się źle wiedzie, żyją w osamotnieniu i nikt o nich nie pamięta. Nie miał więc problemów z przeformułowaniem: Im gorzej ci się wiedzie, tym mniej masz znajomych, a przez to więcej czasu dla siebie. Zmiana punktu ósmego była fraszką: Nie awansując społecznie, nie spadniesz z wysoka. Punkt 9 poszedł łatwo, zwłaszcza że wciąż miał zapas papieru toaletowego: 9) Życie jest piękne, skoro potrafisz przeformułować wszystkie punkty. Nagle biegunka się skończyła i Włodek oddał stolec w postaci kilku kozich bobków.

Wpłynęło to na afirmację życia w punkcie 10: Zawsze może być gorzej, ale największe gówno może zamienić się w bajkę. Z uśmiechem wydrapał się z rowu, tylko po to, by, uderzony potężnym podmuchem wiatru, spaść tam z powrotem, paskudząc ubranko leśniczego obornikową glinianką. Spojrzał w niebo i zmarkotniał. Było koloru granatowego i właśnie zaczęła się z niego lać woda. Klnąc paskudnie - jego przekleństwa został podsłuchane przez obornikową telefonistkę i w formie maszynopisu krążyły wśród kłusowników wywołując u nich rumieńce wstydu - wydostał się ponownie z okopów wójta.

Rozejrzał się wokół i stwierdził, iż mimo pozorów tragizmu, jego prywatna bajka wciąż trwa. Traktory kłusowników kreśliły esy-floresy w polach. Silniki rzęziły, a buksujące koła pogrążały pojazdy w błocie. Włodek napawał się tym widokiem przez chwilę, po czym triumfalnie przedefilował obok swoich ciemiężców asfaltową drogą, posyłając im spojrzenie bazyliszka, nabyte w ciągu ostatnich miesięcy pobytu w leśnych ostępach. Wzrok ten został uwieczniony na zdjęciu do wizy amerykańskiej i wpłynął na odmowną decyzję o jej wydaniu. Przyczynić się do tego mogło także płomienne wyznanie o umiłowaniu przyrody i pragnieniu ujrzenia cudów natury na terenie USA. Wyjazd do ambasady był jedyną wycieczką do miasta od czasu objęcia stanowiska w Obornikach. Ukoronowaniem jego „zwycięstwa" było to, iż potknął się i upadł po drugiej stronie górki, poza zasięgiem wzroku amatorów dziczyzny.

— Może dla wszystkich jestem przegrany — pomyślał, kontemplując purchawkę przed swoim nosem — ale za bardzo lubię wygrywać, żeby przegrać. Grzyby!!!! — Olśniło go.

Pod czujnym okiem bibliotekarki stworzył szczegółowy raport, opowiadając o nowym gatunku grzybów, który przyczynił się do unicestwienia szkółki leśnej. Postanowił wysłać go mailem. Nie ufał tutejszym paniom na poczcie. Sprawdził też stan swojego konta, czego nie robił od dobrych kilkunastu miesięcy. Pieniądze wydawał tylko na jedzenie i środki higieny osobistej, dlatego uzbierała mu się na koncie niezła sumka. Biegunka minęła. Deszcz przestał padać. Życie na moment stało się znośne.

Dopóki nie wrócił do swojej chatki i nie odkrył, że grzyby zniknęły ze ścian. Nagły atak złości sprawił, że postanowił chwycić za łuk sportowy i postrzelać do zdjęć swoich wrogów. Lecz łuku też nie było. Czyżby planowali wrobić go w jakiś niecny uczynek? Co jak co, ale zaginięcie „broni" trzeba zgłosić. Telefon oczywiście nie działał. Zanim dodrepcze do miejscowości, posterunek będzie już dawno zamknięty. Miał już tego wszystkiego dosyć. Tych ciągłych deszczy, które sprzysięgły się padać nad jego leśniczówką, tych tępych twarzy okolicznych, podpatrujących, co, gdzie i kiedy robi, aby kłusować do woli.

Nie! Nie zostanie tutaj ani chwili dłużej! Chwycił za niewielką torbę podróżną. Wrzucił do niej trochę bielizny, ubranie i paszport oraz dowód osobisty. Nikt nie zauważy jego zniknięcia na kilka dni. Poleci na Teneryfę. Przecież mówi trochę po hiszpańsku i angielsku. Może znajdzie pracę jako kelner i będzie krążyć w słońcu między stolikami przez najbliższe kilka lat, dopóki nie awansuje albo nie zarobi na własny lokal. A jak nie znajdzie pracy, to przynajmniej odpocznie.

Tak właśnie rozmyślał, śpiesząc się na ostatni pociąg do Wrocławia. Nie wiedział, że jego wizyta w bibliotece i skorzystanie z Internetu wywołały falę niepokoju wśród kłusowników.

Postanowili sprawdzić, cóż też dzieje się u ich ofiary, ciamajdy leśniczego. Aby akcja była udana, wypili kilka litrów porzeczkówki od Stefana. Skradając się pod leśniczówką nie przewidzieli jednego.

Kosmici byli bardzo zaborczy, jeśli chodzi o źródło ich jedzenia. Wygłodniały kosmita właśnie wracał do leśniczówki, po licznych leśnych perypetiach, sądząc, iż jest to źródło jedzenia odnawialnego i nasyci swój głód. Pan Mietek, jeden z bardziej śmiałych kłusowników właśnie próbował zerknąć, co się dzieje w leśniczówce (Włodek zostawił zapalone światło, sugerując, że jest w środku lub zaraz wróci), gdy strzała z łuku przeszyła jego gardło. Kłusownicy zastygli na swoich pozycjach w bezruchu. O, to tego ciamajdy nie podejrzewali.

Pan Mietek charcząc wykrwawiał się pod oknem, ale nikt nie ruszył na pomoc. Wtedy ujrzeli kosmitę. Każdy z nich pomyślał, że to wina porzeczkówki i ma jakieś dziwne halucynacje. To na pewno leśniczy, któremu odbiło, krąży w jakimś dziwnym przebraniu. Stefan poczuł, że ciąży na nim pewna odpowiedzialność. To on był twórcą porzeczkówki. Uniósł swoją strzelbę i wycelował w zgagę, która zabiła jego kumpla. Kosmita akurat pochylał się nad ciałem Mietka. Strzał pozbawił go głowy. Z opadającego odwłoku wypłynął kwas, zraszając ciało Mietka i rozpuszczając je, jeszcze za życia właściciela. Mietek stracił przytomność z bólu, a po kilku minutach jego ciało przestało istnieć, tak jak i ciało przybysza z odległej galaktyki.

Kłusownicy, sparaliżowani ze strachu, przyglądali się tej scenie. Po kilku minutach paraliż minął i wszyscy, jak jeden mąż, uciekli. Gnali przez leśne ostępy. Gałęzie drzew smagały ich po twarzy. Ten i ów zderzył się z drzewem. Stefan zwichnął kostkę. A to u niego mieli się spotkać po tej akcji. Przybywali pod chałupę jeden po drugim, czekając, aż pojawi się właściciel i otworzy im drzwi. Stefan przywlókł się po dwóch godzinach, podpierając na kiju, aby oszczędzić sobie bólu. Nastąpiła burzliwa debata. Stefan wyciągnął agrestówkę, ale nikt nie kwapił się do picia.

— Na policję go zgłosić! Trup jest! Nie ma trupa! To morderca! — Przekrzykiwali się jeden przez drugiego. Bladym świtem trzech śmiałków postanowiło udać się pod leśniczówkę. Znaleźli jedynie czarne gluty na miejscu podwójnej zbrodni. Debata ciągnęła się dalej. Trzeba było coś powiedzieć wdowie. A może lepiej nic nie mówić? Przecież nie uwierzy w ich opowieść. I gdzie jest leśniczy? Czy to on był tym stworem?

O tych zajściach nie wiedział Włodek, pławiąc się w słońcu podczas nadzorowania plażowych leżaków i kąpiących się osób. Miał szczęście. Dostał pracę. Wystosował po tygodniu krótkiego maila do zwierzchników, informując o swojej długiej depresji i walce z kłusownikami. Jego następcy nie mogli w to uwierzyć. W trakcie swojej pracy nigdy nie spotkali żywej duszy w lesie. Nikt nie chodził na grzyby, nie zbierał jagód. Gdy przybywali po zakupy do pobliskiej miejscowości, milkły wszelkie rozmowy i wszyscy się im przyglądali. Było to lekko stresujące. Dodatkowo nie dało się nikogo zatrudnić do prac leśnych. Ta ciężka atmosfera sprawiała, że mało kto spędził na tej posadzie dłużej niż trzy miesiące. Wśród adeptów leśnictwa zaczęły krążyć początkowo plotki a później legendy o zesłaniu na tę posadę. Myśl o prawdopodobieństwie otrzymania tam pracy sprawiła, że wszyscy studenci leśnictwa zakuwali ponad miarę, osiągając rekordowe średnie ocen. Najniższa średnia oscylowała wokół 4,3. Włodek nigdy nie dowiedział się o swoim przyczynku do uprzykrzenia życia studentów.

Lekcja biologii

Mój mózg funkcjonował sprawniej niż u rówieśników, więc przez całą podstawówkę i szkołę średnią byłem przekonany o swoim geniuszu i niechybnej świetlanej przyszłości, czekającej w dorosłym życiu. Można by się spodziewać, że skończy się na kopaniu rowów. Los był bardziej wyrafinowany. Kosiłem w rowach trawę.

Codziennie o siódmej rano wsiadałem do specjalnej kosiarki i wolno pokonywałem kilometry, wprowadzając ład cywilizacyjny w miejsce chaotycznej natury. Towarzyszący mi Marek przepalał w tym czasie pensję, zaciągając się śmierdzącymi papierosami. Ja natomiast myślałem o Kanadzie. Podobno szosy mają tam specyficzną, kamyczkową strukturę, wymagającą regularnego utwardzania za pomocą drogowego walca. Maszyna ta porusza się jeszcze wolniej niż moja kosiarka. Czułem szczególne braterstwo z kanadyjskim pracownikiem, obsługującym ową maszynę. Podejrzewałem, że przeżywa liczne przygody. Z drugiej strony on mógłby przypuszczać, iż praca na kosiarce w postkomunistycznym kraju również musi dostarczać niecodziennych wrażeń. Oczywiście, gdyby wiedział o istnieniu Polski.

Nie przeżywałem przygód. Narzekałem wręcz na marazm i ból tyłka. Do mojej kosiarki docierałem stopem. Urozmaicałem kierowcom jazdę narzekaniem. Śmiało mogę stwierdzić, iż jestem mistrzem w tej dziedzinie. Tym razem szykowałem się, aby opowiedzieć historię z poprzedniego dnia. Oto ona. Wydawało mi się, że umrę na wylew po dwóch wypalonych papierosach. Przypływy i odpływy krwi w moim mózgu naprawdę stanowiły dobry temat na poranną opowieść. Zatrzymał się mercedes. Śmiało otworzyłem drzwiczki.

— Dzień dobry! Jedzie pan do...

— Wsiadaj! Kopę lat!

To był Zenek. Aby opisać Zenka muszę cofnąć się do lekcji biologii z podstawówki. To na tych zajęciach dowiadywaliśmy się najwięcej informacji o sobie i innych. O Zenku dowiedzieliśmy się, że nie pływa w rzece, bo boi się krokodyli. Na innej lekcji został zgarnięty przez policjantów. Powodem było położenie kłód na torach. Zenek nigdy nie widział, jak się wykoleja pociąg i zapragnął zobaczyć to na własne oczy. O sobie dowiedziałem się, że jestem tak zdolny i inteligentny, iż czeka mnie gwarantowany sukces w każdej dziedzinie, którą postanowię zgłębić. Stałem teraz niepewnie, przestępując z trampka na trampek i łypiąc podejrzliwie na boazerię w samochodzie Zenka.

— No wsiadaj — zachęcił mnie.

Wsiadłem. Zapomniałem o swojej niedoszłej śmierci i milczałem. Zenek pierwszy zagaił rozmowę.

— Do pracy?

— Tak.

— Gdzie pracujesz?

— Koszę rowy — wyszeptałem.

— Żartujesz? — zdziwił się. — Myślałem, że pójdziesz na studia.

— Studiowałem.

— Jaki kierunek?

— Etnologię.

— Aaa! To coś o motylach! — ucieszył się.

Nie miałem siły, żeby wyprowadzić go z błędu.

— Ale żeby po studiach kosić rowy? Co za życie

— kontynuował. — Dobrze, że ja nie poszedłem.

Gwoli ścisłości Zenek skończył tylko zawodówkę.

Ulżyło mi, gdy ujrzałem kosiarkę. Zenek zaproponował, abyśmy poszli kiedyś się napić. Zgodziłem się, że to dobry pomysł i szybko opuściłem samochód. Marek już był na miejscu.

— Zapalisz? — wyciągnął w moją stronę paczkę papierosów. — Wczoraj dobrze ci szło...

Akwizytor

Listopadowy dzień znakomicie obrazował humor Huberta. Było szaro i ciemno, mimo że zegarek wskazywał dopiero piętnastą pięć. Światło słoneczne dawało zaledwie poświatę, która swą bladością przypominała lukier, jaki mógłby pokrywać tabletkę antydepresyjną, gdyby oczywiście ktoś o to zadbał. Nikt jednak nie lukrował tych pigułek szczęścia i Hubert musiał znosić ich gorzki smak.

Jego praca pozwalała mu na ubiór odzwierciedlający nastrój, niestety nie mógł sobie pozwolić na grymasy cierpienia ani inne miny typowe dla człowieka chorego na depresję. Hubert musiał się uśmiechać. O jakości tego uśmiechu przekonał się kilka dni wcześniej, przekraczając granicę.

Kiedy strażnik graniczny porównywał jego fizjonomię ze zdjęciem w paszporcie, Hubert wysilił się i zaprezentował swój firmowy uśmiech akwizytora. Poskutkowało to drobiazgowym sprawdzeniem dokumentu, z prześwietleniem włącznie. Nic dziwnego, że ludzie nie chcieli kupować od niego książek, których przykładowe egzemplarze nosił w czarnej torbie.

Wlókł się teraz noga za nogą przez błotniste pobocze szosy, pomstując na wójta tej parszywej wioski, któremu nie chciało się zrobić porządnego chodnika, oraz na swojego dawnego nauczyciela WF-u, który kazał im kiedyś przeskakiwać kałuże w drodze do szkoły zamiast lękliwie je omijać. Hubertowi nie chciało się omijać kałuż, nie mówiąc o ich przeskakiwaniu. Brnął przez brunatną wodę, nie bacząc na to, że wlewa mu się ona do lewego buta przez dziurę w podeszwie. Z satysfakcją myślał o śladach, które zostawi na wypielęgnowanych podłogach tych makabrycznych wieśniaków.

— Panie! A kto teraz ma czas na czytanie książek? — zbywali krótko jego kwieciste wypowiedzi, te wysublimowane zdania, które układał podczas bezsennych nocy.

Nieocieplane szare palto, w którym chodził już trzeci rok, nie chroniło przed zimnem. Ale najgorsze były psy. Wiejskie burki różnią się manierami od miejskich mieszańców, wyprowadzanych na spacer przez nobliwe starsze panie. Największą ambicją wiejskiego psa jest poszarpanie nogawek chorego na depresję akwizytora. Hubert podejrzewał, że gdyby nawet w akcie miłosierdzia czy też głupoty zasponsorował jednemu ze swoich czworonożnych oprawców terapię antyagresyjną w kurorcie dla psów, straciłby tylko pieniądze, które w rzeczywistości musiał przeznaczać na kolejne pary czarnych spodni. Większe psy ujadały leniwie z głębi podwórek, przywiązane łańcuchami do bud. Małe kundle cieszyły się wolnością i wykorzystywały ją, by pozbyć się kompleksu niższości.

Wieś, w której pracował dzisiaj Hubert, nosiła nazwę Oborniki. Nawet gdyby nie znał tej nazwy, smutny akwizytor i tak miałby świadomość, że tkwi po uszy w gównie. Firma, dla której harował, z każdym dniem upodabniała się do sekty. Pracownicy byli przewożeni co miesiąc w inny rejon Polski. Od rana do późnego popołudnia próbowali wcisnąć towar nieufnym mieszkańcom wsi i miasteczek. Po skończonej pracy zbierali się w sali opłacanego przez firmę hotelu. Akwizytor, który zarobił w ciągu dnia więcej niż pięćdziesiąt złotych, z dumą uderzał w przenośny gong, który wozili ze sobą i który pełnił rolę narzędzia zbrodni w licznych koszmarach nawiedzających Huberta, gdy już udało mu się zasnąć. W rojeniach tych zazwyczaj uśmiercał kierownika grupy, który każdego wieczoru robił im pranie mózgów pod przykrywką zajęć z efektywnej sprzedaży. Początkowo roztaczane wizje kolosalnych zarobków i kariery napawały Huberta optymizmem. Jednak bardzo szybko brutalna rzeczywistość oraz paskudna pogoda przywróciły mu zdrowy rozsądek.

Niestety, patrząc obiektywnie w swoją przyszłość, Hubert miał świadomość, że znajduje się na przegranej pozycji. Jego rówieśnicy robili kariery w międzynarodowych firmach i byli w trakcie spłacania kredytu za mieszkanie. Hubert nie miał siły, by marzyć, że kiedyś stanie się właścicielem jakiejś nieruchomości. Nie stać go też było na majątek ruchomy, na przykład w postaci samochodu. Na miejsce pracy podrzucali go zmotoryzowani współtowarzysze akwizytorskiej doli. Hubert był niedoszłym yuppie, który zamienił tragiczny los bezrobotnego na groteskę akwizycji. Próbował oswoić się z nową rolą w życiu, tłumacząc to sobie w ten sposób, że ortopedyczne poduszki wyprostują wiejskie garby i krzywizny, sokowirówki dowitaminizują organizmy, których naczelnym pokarmem był ziemniak, a książki wyewoluują abstrakcyjne myślenie u traktorzystów.

Poczucie misji mijało, gdy stawał twarzą w twarz z potencjalnym małorolnym klientem.

— A po co mi taka poduszka? Najlepiej to się na puchowej śpi, na gęsim puchu... Co, nie słyszał pan o tym? W miastach wszystko sztuczne mają — zbywali go mieszkańcy ulicówek.

— Przede wszystkim należy wywołać w kliencie uczucie, że nasz produkt jest mu niezbędny — perorował wieczorami Marian, kierownik grupy.

Po swoich wykładach odpytywał akwizytorów z formułek, których mieli używać, by robić wodę z mózgu racjonalnym wieśniakom. Hubert zawsze zacinał się przy słowach „niepowtarzalna promocja", co irytowało Mariana. Hubert miał słabą pamięć, którą wolał nazywać pamięcią wybiórczą i powoływał się na ten fakt w trakcie składania wyjaśnień. Argument ten nie przekonywał jednak kierownika.

— Dziecko w przedszkolu już dawno znałoby ten tekst na pamięć! — burczał. — A ty pracujesz u nas już od trzech miesięcy.

Gwoli ścisłości po dziesięciu tygodniach Hubert wziął wolne, tłumacząc się trudną sytuacją rodzinną, i pojechał do Londynu w poszukiwaniu bardziej normalnego zajęcia. Anglicy nie potrafili jednak zrozumieć jego płynnego angielskiego i zbywali go, tłumacząc się kryzysem. Może gdyby na poszukiwania pracy przeznaczył więcej czasu, jego los by się odmienił. Na przykład pracowałby teraz na angielskim zmywaku albo sprzątał londyńskie ulice. Niepowodzenie spotęgowało gorycz, którą Hubert mógł uznać za swój jedyny dorobek życiowy. W akcie desperacji próbował zaciągnąć kredyt i udać się na poszukiwanie pracy do Francji. Nie znał wprawdzie mowy mieszkańców Paryża, ale, podbudowany relacjami rodaków, którzy udawali się w zagraniczne wojaże bez znajomości języka, uznał, że w tym szaleństwie musi być metoda.

Niestety w szaleństwie Huberta tkwiły haczyki, na które powołali się pracownicy banku. Głównym był brak stałych dochodów.

— Istnieje bardzo duży popyt na ortopedyczne poduszki w naszym społeczeństwie — próbował roztoczyć wizję swojego dobrobytu Hubert.

Uśmiechy na twarzach pracowników banku znikły z chwilą, gdy okazało się, że niedoszły klient jest niewypłacalny, a w ich miejsce pojawiły się maski ponurej stanowczości. Zanim Hubert opuścił bank, sklął porządnie w myślach wszystkich bankowców, niczym rasowy nieudacznik.

— Do widzenia! — powiedział na głos, próbując zatrzasnąć za sobą drzwi, co mu się niestety nie udało.

Wspomnienia porażek podsycały jesienną melancholię Huberta, gdy szedł przez Oborniki. Bacznie lustrował obejścia domów, próbując zorientować się, gdzie warto wejść, a gdzie lepiej sobie odpuścić. Hasający po podwórku inwentarz, w postaci psów, nadmiernie dających oznaki życia, dyskwalifikował dany dom. Tym samym Hubert łamał odgórne polecenie Mariana, aby wchodzić wszędzie. Nie mógł sobie pozwolić na stratę czasu. Tego dnia udało mu się sprzedać tylko jedną książkę. Kupiła ją babinka, zapewne z samej chęci posiadania i z powodu braku jakichkolwiek sklepów w promieniu kilku kilometrów. W bardziej sprzyjających warunkach prawdopodobnie zostałaby zakupoholiczką. Uwagę Huberta przykuł dom numer 219, z wypielęgnowanym ogrodem. Ktokolwiek go projektował, znał się na rzeczy. Wyczuwając ślad cywilizacji i dobrobytu, Hubert nacisnął klamkę furtki. Była otwarta. Szybko znalazł się przy drzwiach i nacisnął guzik dzwonka.

Po chwili drzwi się otworzyły i z wnętrza buchnął zapach gotowanego obiadu. Hubert wciągnął w nozdrza natrętne aromaty. Nie wyczuł woni ziemniaków, co wydało mu się wysoce podejrzane. Jeszcze bardziej niepokojący wydał mu się naturalny kolor włosów stojącej przed nim kobiety. Nie wróżyło to niczego dobrego.

— Witam szanowną panią! — nie stracił rezonu mimo złowróżbnych znaków akwizytor. — Jestem z firmy Marketpol. Czy ma pani chwilkę?

— Zależy na co... — usłyszał odpowiedź.

— Przeprowadzamy ankietę na temat czytelnictwa na wsi. Czy mogłaby pani odpowiedzieć na kilka pytań? — recytował wyuczone formułki Hubert.

— O książkach możemy porozmawiać — zgodziła się kobieta. — Proszę dalej! — zaprosiła go do środka. „Wejście do mieszkania to połowa sukcesu" — Hubertowi przypomniały się słowa Mariana. Podniesiony na duchu śmiało wkroczył na chodnik korytarza, pozostawiając za sobą mokre ślady.

— Proszę do kuchni. Napije się pan herbaty? — zapytała kobieta.

— Tak. Chętnie — ucieszył się akwizytor.

Po chwili stała przed nim szklanka z parującym napojem, o lekko korzennym zapachu, a Hubert zaczął się zastanawiać, czy wypada połknąć antydepresyjną pigułkę przy klientce. Zazwyczaj połykał ją na kilka godzin przed posiedzeniem z Marianem, aby lek zaczął działać w odpowiednim czasie.

— To o co chodzi z tą ankietą? — przerwała mu rozmyślania kobieta. Hubert z namaszczeniem otworzył swoją teczkę i wyciągnął „ankietę".

— Jak często czyta pani książki? — zaczął zadawać pytania.

— Czytam jakieś trzy książki na tydzień — odpowiedziała po chwili milczenia kobieta. — Głównie noblistów. Pobliska biblioteka jest dobrze zaopatrzona, chociaż Clancy stoi tam obok Camus, a raz, gdy zapytałam o Lochy Watykanu, to bibliotekarka skierowała mnie do działu religioznawstwa.

— Ach! Noblistów?... — powtórzył Hubert, żałując, że nie połknął wcześniej tabletki. Aktualnie nie mógł już tego zrobić. Szukanie opakowania w przepastnej teczce w trakcie rozmowy wydawało mu się niegrzecznym posunięciem. Automatycznie zaczął więc zadawać kolejne pytania o nawyki czytelnicze, a z każdą otrzymywaną odpowiedzią tracił nadzieję na korzystną sprzedaż swojego asortymentu.

Po zakończonym odpytywaniu wypowiedział jednak nieśmiertelną formułkę o niepowtarzalnej promocji dla uczestników ankiety i wyciągnął na wierzch kilka romansów, encyklopedie oraz Pana Tadeusza. Kobieta bacznym okiem zlustrowała książki, po czym sięgnęła po Małą encyklopedię gadów polskich.

— Ta chyba powinna się nadać. — Zamyśliła się na chwilę, mierząc wzrokiem podręczną skarbnicę wiedzy. — Wie pan... — odezwała się po chwili — murarze zrobili fuszerkę, jak byliśmy na wakacjach, i podłoga w dziecięcym jest nierówna, a muszę coś podstawić pod biurko. A tę książkę to nawet można przeczytać — dodała wertując encyklopedię.

W ten sposób Hubert zarobił kolejne pięć złotych. Zdobył też namiary na bibliotekę. Mieściła się ona w budynku szkolnym, ale prowadziło do niej osobne wejście. Przy drzwiach Hubert zatrzymał się i flegmatycznie wylał wodę z buta. Poprawił płaszcz i przywoławszy na twarz swój uśmiech, wszedł do środka. Trafił w sam środek burzy.

— Czy ja wyglądam na pasjonatkę drobiarstwa? — krzyczała blondynka w sztucznym futerku w panterkę.

— Karta jest na pani koncie — odpowiedziała beznamiętnie bibliotekarka.

— Ale ja tej książki nie wypożyczyłam!

— Nic się już z tym nie zrobi. Jak pani odda książkę, będzie pani mogła wypożyczyć następne. Słucham pana — zwróciła się bibliotekarka do Huberta.

Akwizytor z namaszczeniem wyciągnął książki i roztoczył wizje niesamowitej promocji. Jego słowa nie zrobiły na bibliotekarce wrażenia, ale na widok kolorowych okładek romansów jej oczy rozbłysły dziwnym światłem.

— Pójdę zapytać dyrektorki — powiedziała i wyszła, stukając niemodnymi już obcasami. Konsultacje przebiegły pomyślnie i Hubert sprzedał od ręki dziesięć egzemplarzy.

Za szkołą dogoniła go blondynka i kupiła trzy książki, pomstując na nieporządek w bibliotece. Hubert grzecznie jej potakiwał, ale myślami był już w hotelu. Zarobił dzisiaj siedemdziesiąt pięć złotych i po raz pierwszy odniósł sukces w sprzedaży bezpośredniej. Idąc na miejsce spotkania, z którego miał go zabrać zmotoryzowany kolega, rozmyślał o swoim dzisiejszym osiągnięciu. Początkowo były to optymistyczne rozważania, jednak depresja okazała się silniejsza.

Jutro miał nastać kolejny dzień niepewności. Nic nie wskazywało na to, że pogoda i jego los się poprawią. W ten sposób upłynęła mu droga na przystanek. Wkrótce pojawił się Wiktor. Nie palił papierosa, co oznaczało, że źle mu dzisiaj poszło. W milczeniu dojechali do hotelu.

W recepcji czekała na Huberta niewielka paczuszka - orzeszki betelu, o których przeczytał w jednej z noszonych książek, że barwią zęby na czarno. Był to prezent dla Mariana, fana orzeszków wszelakiego rodzaju. Po skromnym obiedzie w postaci fasolki po bretońsku akwizytorzy zaczęli zbierać się w sali konferencyjnej.

Hubert z ociąganiem uderzył w gong. Natychmiast spoczęły na nim zawistne spojrzenia sprzedawców, którzy z fałszywą serdecznością zaczęli składać mu gratulacje.

— Proszę, proszę! — odezwał się Marian. — Wyrasta nam nowy lider sprzedaży!

Korzystając z chwilowego zainteresowania kierownika, Hubert podszedł do niego i wręczył mu paczkę z orzeszkami.

— Łapówka? — zdziwił się Marian.

—To używka — odpowiedział Hubert. — Ma działanie podobne do nikotyny — zaczął wychwalać atuty orzeszków, o których przeczytał w informacji o sprzedawanym produkcie, skrupulatnie pomijając temat czarnych zębów.

— Używka to nie łapówka — stwierdził Marian i skwapliwie przyjął torebkę. — No to zaczynamy! — krzyknął.

Akwizytorzy szybko zajęli miejsca przy stole konferencyjnym.

— Dzisiaj przypomnimy sobie typy klientów — rozpoczął Marian. — Kto pamięta, jakie są typy klientów?

— Tacy, którzy wiedzą, że produkt jest im potrzebny, i tacy, którzy jeszcze tego nie wiedzą — odezwał się Wiktor, który bawił się pudełkiem papierosów, chociaż nikt nie widział go jeszcze dzisiaj palącego. — Wiktor musiał mieć kiepski dzień... — usłyszał szepty sąsiadów Hubert.

— Zgadza się — kontynuował Marian. — Najbardziej lubimy pierwszy typ klienta, ale powiem wam, że ci, którzy się od nas dowiedzą, że produkt jest im potrzebny, są jeszcze lepszymi klientami.

W sali rozległ się szmer szeptów i komentarzy.

— Jak przekonujemy klienta, że produkt jest mu potrzebny? — Marian otworzył torebkę i zaczął gryźć orzeszki.

— Mówimy o zaletach produktu! Informujemy, do czego produkt służy! Mówimy, że sąsiadka już ku- piła! — rozbrzmiał gwar odpowiedzi.

Marian kiwał głową, systematycznie ruszając szczęką.

— Ale co jest najważniejsze? — zapytał po chwili.

Akwizytorzy umilkli. Niektórzy marszczyli czoła, usiłując wymyślić satysfakcjonującą kierownika odpowiedź, pozostali czekali, aż ktoś inny zabierze głos. Marian przyglądał im się badawczo, gryząc kolejnego orzeszka. W końcu przerwał milczenie.

— Najważniejsza jest demonstracja! — powiedział. Nagle oczy mu zmętniały, a torebka orzeszków wypadła z dłoni. Z gardła kierownika wydobyło się dziwne charczenie. Opadł na kolana. Z ust popłynęła mu strużka śliny.

— Tego jeszcze nie było! — z podziwem odezwał się jeden z akwizytorów. — I klient to kupi? — zdziwił się inny. Marian przewrócił się na bok. Przez półprzymknięte powieki widać było białka oczu. Zapadło milczenie, przerywane charczeniem kierownika.

— Chyba trzeba zadzwonić po pogotowie — ocknął się któryś z akwizytorów. Sprzedawcy popatrzyli po sobie. Nikt nie kwapił się, aby wyciągnąć telefon.

— Ja zadzwonię. Już mi dzisiaj wszystko jedno — odezwał się Wiktor.

Podczas gdy Wiktor dzwonił na pogotowie, akwizytorzy zebrali się nad ciałem Mariana.

— To dziwne — stwierdził pryszczaty Marcin. — On sam ułożył się w bezpiecznej pozycji.

— Bezpieczna pozycja wygląda inaczej — zaprzeczył jeden z liderów sprzedaży.

Akwizytorzy zaczęli debatować, jak ułożyć ciało Mariana. Każdy, kto przeszedł kurs pierwszej pomocy, sugerował co innego. Nikt jednak nie odważył się dotknąć ciała kierownika.

Hubert oddychał równie ciężko jak nieprzytomny Marian. Miał dziwne wrażenie, że nie doczytał czegoś w informacji o orzeszkach, umieszczonej na stronie sklepu internetowego. Rozdygotany, zastanawiał się, czy usunąć paczuszkę z miejsca zdarzenia, czy też pogorszy to jego sytuację, będzie bowiem figurował później w aktach sprawy jako ten, który zacierał ślady.

Po upływie godziny przyjechało pogotowie. Sanitariusze sprawnie ułożyli ciało kierownika na noszach i zabrali je do szpitala. Tam też po kilku godzinach Marian zmarł.

W tym czasie Hubert dotarł już w Internecie do informacji, że kilka orzeszków betelu może spowodować zgon. Przerażony, spędził parę godzin pod prysznicem, przekonany, że są to ostatnie chwile samotności podczas kąpieli. W więzieniu będzie już mniej prywatności. Skulony, przeleżał bezsennie całą noc. O świcie pojawił się nowy kierownik grupy.

— Śmierć nie przeszkodzi nam w dążeniu do sukcesu! — stwierdził w trakcie krótkiego zebrania po śniadaniu. Hubert nie słuchał go uważnie. Przypomniał sobie, jak w dzieciństwie wyrywał muchom nóżki i skrzydełka i stwierdził, że w końcu nadeszła pora, by zapłacić za swoje okrucieństwo.

Mijały dni i nic się nie działo. Patolog w szpitalu wykrył nieznaną substancję toksyczną w ciele denata. Śledztwo zaczęło się opieszale. Akwizytorzy po kilku tygodniach dostali wezwania na policję w celu przesłuchania. Hubert w wyznaczonym dniu dostał rozwolnienia i większą część dnia spędził w ubikacji. Tymczasem policjanci trafili na trop orzeszków. W dniu, w którym Hubert został aresztowany, padało. W trakcie przesłuchania Hubert jąkał się i zapewniał o swojej dobrej woli.

— Nie chciałem go zabić — tłumaczył. — To miał być kawał...

— Czy leczył się pan psychiatrycznie? — zapytał podejrzliwie sierżant.

— Tak, leczę się — zdziwił się Hubert.

Psychiatra, którego sprowadzono, był łysy i miał zmęczoną twarz.

— Czy słyszy pan głosy? — zapytał w pewnym momencie.

Hubert poczuł, że otwiera się przed nim furtka i wszedł w nią bez wahania.

— Tak, słyszę — odpowiedział, nie wiedząc, że w jego życiu zaczyna się nowy etap.

Pierwsza sława

Kobieta miała co najmniej pięćdziesiąt lat. Usiadła przy stoliku w zewnętrznym ogródku. Czarny kostium, biała apaszka w czarne grochy, do tego ogromny, czarny kapelusz.

— Kto obsłuży nietoperza? — zapytał Szef.

— Rozmawia jeszcze przez telefon, nie chcę jej przeszkadzać.

— To mój lokal. Sam wybieram, czy obsłużyć dziwaków, czy ich wyprosić. Ta ma szansę, jest jeszcze przed południem.

Kamil szybko chwycił za menu. Nienawidził pracować dla tego tyrana. Wypraszał klientów, którzy mu nie odpowiadali, a wieczorami zabierał napiwki, tłumacząc to niskim utargiem, co było niezgodne z prawdą.

Miękkim, elastycznym krokiem podszedł do kobiety. — To samo, co zwykle! — odgoniła go gestem dłoni. — Co zamówiła? — zainteresował się Szef. — Nie toleruję picia wódki przed dwunastą. To porządny lokal.

— Powiedziała „To, co zawsze".

Na skroni Szefa pojawiła się mała, pulsująca żyłka, która szybko zniknęła, gdy podjął decyzję.

— Ten twój kolega od garów zna wszystkich. Niech tu zajrzy sprawdzić co to za jedna.

Marek zajmował się szeroko pojętymi „garami". W kuchni restauracji mył je i gotował w nich posiłki. Poza pracą grał na perkusji. Był małomówny i odpowiadał właścicielowi lokalu tylko zdawkowym „Tak, Szefie" na wszystkie pytania i teksty, chyba że w grę wchodziło rozpoznanie nowego klienta lokalu.

Na widok kobiety upuścił trzymaną w ręku łyżkę. Dźwięk upuszczanego przedmiotu zginął we wrzawie licealistek, które zajęły dwa stoliki. Był ostatni dzień szkoły.

— To Fiona — zawyrokował Marek.

— Co za Fiona? — głos Szefa wkroczył w wyższe rejestry. Jako choleryk prawdopodobnie był na wstępnym etapie swojego ataku.

— Wyrocznia! — jęknął Marek.

— Tak? Ciekawe, czy zgadnie co dostanie do picia — Szef zdecydowanym ruchem odkręcił likier i zaczął przygotowywać kawę po irlandzku.

— To wyrocznia muzyczna. Błagam, Szefie, ona jest abstynentką.

— Który abstynent rzuca tekst „to, co zawsze"? Żaden. Uwierz mi, prowadzę ten lokal od dziesięciu lat.

— No to po nas — powiedział Marek do Kamila.

— Mnie nie zauważyła. Ale ty jesteś spalony. Jacek będzie musiał śpiewać wieczorem. Zresztą obydwaj i tak byśmy nie dostali wolnego wieczoru...

— Gotowe! — przerwał im Szef, podając małą zgrabną filiżankę o zapachu sugerującym, że w lokalu „Syrenka" już dawno minęło południe.

Kamil skoncentrował się na oddychaniu przeponowym, jak zawsze, gdy się denerwował. Fiona, wyrocznia muzyki rockowej, nadal rozmawiała przez telefon. Czy jej przyjazd do ich miasteczka jest przypadkowy, czy też sprawiły to dwie duże imprezy z okazji zakończenia roku szkolnego, jedna organizowana przez władze miasteczka, a druga przez lokalny klub muzyki awangardowej?

Stawiając przed kobietą filiżankę, podsłuchał kilka rzuconych słów. „Tak, pewnie się tam przejdę wieczorem... Nie liczę na wielkie wow... To lokalna grupa..."

Kobieta automatycznie wsypała dwie łyżeczki brązowego cukru i zamieszała napój, wciąż rozmawiając przez telefon. Ładną, chociaż już nieco zniszczoną dłonią wdzięcznie ujęła filiżankę i pociągnęła pierwszy łyk.

Jej bazyliszkowate spojrzenie, które spoczęło na Kamilu, powiedziało mu wszystko. Nawet jeśli razem z Markiem urwą się dzisiaj z pracy, aby zagrać na koncercie, to owszem, zostaną dostrzeżeni, ale raczej w negatywnym sensie tego słowa.

— Czy podać coś jeszcze? — do głowy przyszła mu jedynie standardowa formułka.

— Ja tego nie zamawiałam. Proszę to odnieść i przynieść mi sojowe latte.

Coś na dnie tonu głosu kobiety mówiło mu, że to drapieżnik. Nie tylko w branży muzycznej, to było oczywiste.

— Tak, oczywiście. Przepraszam za pomyłkę — odpowiedział, zagłuszony przez chichoty uczennic, które zaczęły obserwować całe zdarzenie.

— Sojowa latte — Szef lekko stracił rezon. — Była taka jedna, która to zamawiała każdego lata. Ładniejsza niż nietoperz. Niech stracę, zresztą klienci patrzą, musimy dbać o renomę. Podaj jej to latte.

Latte z ozdobnym wzorkiem z czekolady szybko stanęło przed Fioną. I wtedy nastąpiło coś potocznie zwanego prozą życia. Uczennice zaczęły się filmować ze swoimi napojami, na tle kamienic starego miasta. I w tym kadrze załapała się Fiona, nagły podmuch wiatru i koniec apaszki, lądujący w filiżance sojowego latte.

— Jak ten kelner postawił tę kawę! Przecież tak się nigdy nie stawia kawy! — krzyknęła kobieta.

Może nie zrobiłaby tej awantury, gdyby nie fakt, że świadkami jej upokorzenia, zesłanego przez los, były piękne młode dziewczyny. Na dodatek filmowały wszystko.

— To nie moja wina — powiedział szeptem Kamil do Szefa.

— Jak to nie twoja! — wrzasnął Szef. — Tak się nie stawia latte. I to sojowego latte. Idź i przeproś panią. Czując na sobie mikroskopijny obiektyw kamery telefonu, Kamil stracił nagle swoje kocie ruchy, dzięki którym dostał tę pracę. Pracę, która miała być tymczasową fuchą, pozwalającą na opłacenie części wydatków i rachunków, aby rodzice, z którymi wciąż mieszkał, nie czepiali się jego wielogodzinnej gry na gitarze i prób wokalnych. Potykając się o nagle źle poustawiane krzesła podszedł do Fiony. Odzywając się do kobiety, starał się myśleć o pierwszym tournée koncertowym, jakie może kiedyś zrobi ze swoim zespołem.

— Bardzo panią przepraszam. Powinienem inaczej postawić tę filiżankę.

Kobieta jednak najwyraźniej nie była usatysfakcjonowana. W jej oczach wciąż tkwiła uraza, napędzana przez komentarze z dwóch złączonych stolików. Ona także miała świadomość, że scena jest filmowana. Jakim tytułem zostanie opatrzony filmik, gdy trafi do sieci?

— Naprawdę bardzo przepraszam, to wyłącznie moja wina.

— Poproszę o rachunek.

— Niech się pani o to nie martwi — Kamil nie uzgodnił tego z Szefem, ale był gotów zapłacić i za latte, i za kawę po irlandzku, mimo że kwota stanowiła sporą część jego dniówki.

— Ja zawsze za siebie płacę!

— Oczywiście.

Fiona zdjęła apaszkę, próbując zachować godność, ale zmarszczki na szyi i małe wole pod szyją wywołały niezbyt pozytywne komentarze.

— Popatrz jaka szyja... tego kieliszka — chichotały uczennice, udając, że mówią o drinku.

— No to nam zrobiłeś reklamę! — Szef powiedział to wyjątkowo cicho.

— Czy mogę prosić o wolny wieczór?

— U mnie nie ma wolnych wieczorów.

— Losowa sytuacja.

— A co, może na jakąś uczelnię wieczorową idziesz? Zaoczne liceum? Ja tutaj wolę takich, co uciekają przed kopaniem ziemniaków i się cieszą z pracy, jaką mogę im zaoferować. A nie takich, co bujają w obłokach. Edukacja! W głowach się wszystkim przewraca. Żadne studia nie nauczą cię tego...

— Mimo wszystko...

— Zwalniam cię. Twojego koleżkę od garów też, jesteście siebie warci. Idźcie się cieszyć zakończeniem szkoły.

Kamil zawahał się. Czy to tak na poważnie? Pracowali tu już rok. I tak nagle zostali wykopani? Jak opłacą garaż na próby? Co powiedzą rodzice? Szef poszedł oznajmić Markowi, że już nie będzie musiał myć garów.

„Tak jest, Szefie" — usłyszał Kamil z głębi kuchni. Uśmiechnięty Marek wybiegł z kuchni, zostawiając zdezorientowanego Szefa, który nagle zdał sobie sprawę, że sam będzie musiał obsłużyć pół najbliższego liceum.

— Jest szansa! — krzyczał Marek do telefonu, informując o utracie pracy kolegów z zespołu, licealistów.

Na „Odprawie" — jak nazywali swoje spotkania przed każdym koncertem, — wszyscy stawili się w garniturach, z wyjątkiem Marka. Licealiści byli spoza miasta, a jako że za rok mieli zdawać maturę, ubrali się elegancko na zakończenie roku. Kamil był w swojej czarnej, kelnerskiej koszuli i spodniach od garnituru. Marek miał na sobie niebieski T-shirt z logo znanej firmy sportowej i krótkie spodenki khaki. — Ale obciach będzie — skwitował młody basista. — Wszystko na ostatnią chwilę i jeszcze te nasze mundurki.

— Zawsze możemy udawać, że to nasz styl. Na perkusistów nikt nigdy nie zwraca uwagi, najwyżej ktoś pomyśli, że zgarnęliście mnie z dworca — stwierdził Marek.

Po odejściu z pracy długo debatował z Kamilem, czy wtajemniczyć „młodych" w sprawę Fiony. Uznali, że powinni mieć szansę decydowania o posunięciach zespołu. Teraz siedzieli w garażu, obitym denkami od pudełek po jajkach, co miało w magiczny sposób zapewnić lepszą akustykę i wyciszyć pomieszczenie, z mizernym skutkiem.

— Kto śpiewa? — zapytał Marek.

—Ja odpadam. I tak nie wiadomo, czy ta krowa przyjdzie na nasz koncert — odpowiedział Jacek. W żałobnych nastrojach, z poczuciem zbliżającej się klęski udali się w końcu na miejsce koncertu wypożyczonym samochodem. Mieli grać jako drudzy, co było już pewnym sukcesem w hierarchii występów. Szybko wkroczyli na scenę i podłączyli gitary do wzmacniaczy. Kamil stroił swoją gitarę solową i lustrował niespokojnie wzrokiem publiczność.

Była tam. Posłała mu spojrzenie, którego nie powstydziłaby się Meduza. Jego koledzy z zespołu zaczęli grać pierwszy utwór. Kamil automatycznie zaczął wygrywać riffy, ale kiedy przyszła kolej na jego wokal, poczuł, że zaschło mu w gardle i może wydobyć z siebie tylko pisk wiewiórki z przytrzaśniętymi jądrami, który to obrazek ustawił sobie jako tło na pulpicie komputera. Fiona dalej wpatrywała się w niego swoim ludożerczym wzrokiem. Jacek najwyraźniej zorientował się, że główny wokalista dzisiaj nie zaśpiewa. Niestety, problem z Jackiem polegał na tym, że nie potrafił nauczyć się tekstów na pamięć, za to był dobry w improwizacji. Był też nonkonformistą, więc jego tekst nie zaskoczył nikogo w zespole:

„Oto ona Fiona

Jak zawsze rozwydrzona

Zamawia sojowe latte

I macza w nim grochową szmatę.

W krytyka się bawi,

Więc niech się udławi

Sojowym latte,

Oh yeaah, yeaah,

Sojowym latte,

Oh yeaah, yeah,

Sojowym latte".

Wszyscy członkowie zespołu zorientowali się, że nie mają już nic do stracenia i przez resztę utworu wyli potępieńczo ten refren. Publiczności najwyraźniej spodobała się muzyka, tekst był łatwy do zapamiętania i po dwóch zwrotkach tłum ryczał:

„W krytyka się bawi, Więc niech się udławi Sojowym latte, Oh yeah, oh yeah!"

Kamil przyłączył się nieśmiało do śpiewania zwrotki. Trema minęła. Skinął głową Jackowi, że już jest OK. Długo po swoim występie siedzieli w szatni. Publiczności spodobał się występ i nawet bisowali, niestety „Sojowym latte", którego domagał się tłum. Jacek wytrzymał wzrok Fiony i widział ją, jak wymyka się z sali. Tym sposobem żaden z zespołów nie zyskał ogólnokrajowej popularności tego wieczoru. Przez najbliższy rok mieli liczne występy na lokalnej scenie, ale sławę zdobył jedynie Kamil, w opublikowanym przez nastolatki w Internecie filmiku. Potrącając krzesła i jąkając się przeprasza na nim obrażoną damę. Długo nie mógł znaleźć pracy. Ktoś rozpoznał Fionę i filmik stał się w pewnym momencie dość popularny. Nie o taką sławę Kamilowi chodziło, marzenia lubią się jednak spełniać w dość specyficznych formach, często odbiegających od zakładanych kryteriów.

Zakład

— Na pewno wyjęłaś wszystkie pieniądze? — Andrzej szamotał się z guzikami koszuli. Zawsze miał problem z zapięciem tych małych guziczków, ale koszula była elegancka. A dobry wygląd w tej grze to podstawa. — Na pewno wyjęłaś wszystkie pieniądze? — Zapytał znowu, patrząc na nią czule.

Skinęła głową. Odwrócił się w kierunku lustra.

— Jak zwykle nie masz nic do powiedzenia — wyczytała z ruchu jego ust.

Czy się pomyliła? Czy powiedział coś innego? Może jest przewrażliwiona? Nie, przecież ona nigdy się nie myliła. Płacono jej za czytanie z ruchu ust. Przeszła miliony testów i nigdy nie popełniła błędu. Dlatego stresowała się tym posunięciem. Nielegalne zakłady bukmacherskie mogły poważnie zaszkodzić jej karierze.

Na dodatek, Andrzej nie wygrywał od dłuższego czasu. Może ten dzień wszystko zmieni? Może nerwy mu puszczają i dlatego tak powiedział?

„Wyluzuj" — napisała na kartce papieru. Swoją drogą, byli ze sobą już dwa lata. Dlaczego jeszcze nie nauczył się języka migowego? Odwrócił się szybko od lustra. Chwycił za kartkę i napisał: „Nie nawal".

Wybiegł z mieszkania. Magda siedziała dalej na sofie. Nareszcie miała dowód, że coś było nie tak; że faktycznie jej nie kocha. Może to wizja zakładu i gry tak go dzisiaj zmieniła? Nie. Przecież już od dawna podejrzewała go o brak uczuć. A teraz ma dowód. Postanowiła wziąć się w garść. Musiała jeszcze odwiedzić bukmachera. Gra w szachy nie była zbytnio popularna wśród hazardzistów, ale dzisiaj był mecz piłki nożnej. Na pewno będzie tłok i długa kolejka. Jeśli nie wyjdzie za dziesięć minut, spóźni się. Podeszła do lustra, aby skontrolować swój wygląd. Czy widać ślady zawiedzenia? Niepewności? Nie. Wyglądała jak zwykle pięknie. Mimo woli zerknęła na oprawione w ramki zdjęcie. Ona jako miss kraju. Niestety niepełnosprawnych. Ale może dlatego była głuchoniema, żeby się jej nie przewróciło w głowie z nadmiaru próżności?

Żeby nie wpadła w pychę i dumę? Dość tych rozmyślań.

Poprawiła na sobie szary, skromny sweterek i wyszła z mieszkania. Po drodze podjęła decyzję. Pójdzie do prawdziwego bukmachera. Ten nielegalny zawsze oszukiwał ją z procentami od wygranych. Wprawdzie były to głównie pieniądze zarobione przez Andrzeja na czarno, ale także jej wszystkie oszczędności. Nie odda ich w łapska jakiegoś malwersanta. A kiedy Andrzej zobaczy podwojone pieniądze, może miną mu te głupie nerwy? Tak próbowała przekonać samą siebie, równocześnie wyzywając się od idiotek. Czy nie widzi, że to koniec? Że chociaż mieszkają razem, to dla niego nic nie znaczy?

U bukmachera zrozumiała, dlaczego Andrzej wysyłał ją do obstawienia na czarno. Maksymalna stawka przy szachach wynosiła jedynie 70 funtów. Czy zdąży jeszcze obstawić grę? Wybiegła od bukmachera i szybko zaczęła pisać tekst do znajomej firmy taksówkarskiej. Tylko tam zgodzili się wysyłać taksówkę po otrzymaniu SMS-a. Niestety, wszystko ma swoje wady i zalety. Nie musiała dzwonić, ale za to taksówki zawsze się spóźniały...

Zajęła miejsce w drugim rzędzie. Turniej jeszcze się nie zaczął. Zawodnicy mierzyli wzrokiem młodego Rosjanina, który po raz pierwszy brał udział w zawodach. Z tego co mówił, a raczej pisał na kartkach Andrzej, Magda wiedziała, że jest on wielką niewiadomą dla pozostałych graczy. Wszyscy znali już swoje triki i nawyki, aczkolwiek próbowali wymyślać wciąż nowe strategie. Rosjanina jeszcze nie mieli okazji rozgryźć. Andrzej oglądał kilka jego rund szachowych, nagranych przez menadżerkę Andrzeja, ale młody człowiek wydawał się nie mieć żadnych przyzwyczajeń. Jego gra wydawała się pasywna, do momentu, gdy wyczuł słaby punkt w grze przeciwnika. Wtedy uderzał. I wygrywał.

Magda czekała, aż Andrzej podniesie na nią wzrok, aby kiwnięciem głowy potwierdzić, że ona także zrobiła swoje. Ale ten był zajęty przekomarzaniem się ze swoją menadżerką.

Zawiedziona, zaczęła przyglądać się graczom. Wszyscy wydawali się nienaturalnie odprężeni. Śmiali się głośno, klepali po plecach. Spojrzała na Rosjanina. Przyglądał się jej i puścił oczko. Zawstydzona, odwróciła głowę. Czyżby znał jej tajemnicę? Nie, na pewno jest przewrażliwiona.

Turniej się zaczął z półgodzinnym opóźnieniem. Andrzej wygrał dwa pierwsze pojedynki. Następny miał rozegrać z Rosjaninem. Magda nie widziała, co się dzieje na polu szachownicy, ale chyba Andrzejowi nie szło najlepiej. Rozpiął marynarkę. Zamiast śledzić poczynania przeciwnika szamotał się z krawatem. Dopiero gdy Rosjanin wykonał ruch i nacisnął zegar szachowy, Andrzej nachylał się nad szachownicą i ogarniał powoli, co się wydarzyło. Na zwycięstwo Rosjanina nie trzeba było długo czekać. Andrzej wydawał się tym zdziwiony. No tak, pomyślała Magda. Przecież był pewien wygranej.

— Ścinanie drzew w pracy lepiej ci pewnie idzie?

— Magda wyczytywała pretensje menadżerki z ruchu jej ust. Ust Andrzeja nie widziała, ale wywnioskowała po żywej gestykulacji, że kłóci się z kobietą. Odwrócił się raptownie do Magdy.

— Przegrałem! Zadowolona jesteś?

Siedzący w pobliskich rzędach zaczęli przyglądać się Magdzie, jakby była jakąś zołzą, zabraniającą grać w szachy, nakłaniającą do prawdziwej pracy i tak dalej. A przecież to nie było prawdą. To ona zachęcała Andrzeja do kolejnych udziałów w zawodach. Chwaliła się w pracy jego osiągnięciami.

— Wracamy — zadecydował Andrzej.

Nie przeprosił za zmarnowanie pieniędzy, nawet słowem o nich nie napomknął. Zastanawiała się, jak poruszyć ten drażliwy temat.

W domu Andrzej przystąpił do otwartej wojny, pisząc na kartce: „Dlaczego nic nie mówisz?"

W Magdzie wszystko wrzało, kiedy odpowiedziała mu językiem migowym: „Bo postawiłam pieniądze na Rosjanina!".

— Przecież wiesz, że nic z tego nie rozumiem! — Zaperzył się Andrzej. — Mam dosyć. Wyprowadzam się. Może znajdę jakąś normalną kobietę.

Magda bez słowa wyjęła dużą, wspólną walizkę i zaczęła wrzucać rzeczy swojego eks-chłopaka do środka.

Bukmacher oszukał ją także i tym razem, ale pieniędzy przybyło o jedną trzecią. Nie cieszyło ją to tak bardzo jak fakt, że postawiła na przeciwnika Andrzeja. Może nie jest do końca taką nieudaczniczką?

Pracoholik

Od rana nie ma prądu. Dopóki trzymała bateria w laptopie i w telefonie, nie było źle. Ale obydwie wyczerpały się; laptop padł o dziewiątej rano, a telefon dwadzieścia minut później. Po cholerę tu przyjechałem? Zajrzałem do sąsiada. Zaproponował ćwiartkę na rozpoczęcie znajomości. Odmówiłem, tłumacząc się pracą. Na to ten głupi chłopina parsknął śmiechem i palnął mi kazanie na temat tego, że w niedzielę nikt się jeszcze nie dorobił. Zapytałem o laptop. Powiedział, że nie ma. Rozejrzałem się szukając jakiegoś auta. Też nie miał. Na nogach, kurwa, wszędzie chodzi.

Ugrzęzłem tutaj na amen. Jak nie włączą prądu, nie naprawią usterki, to będzie po moim awansie. Julia przyjedzie zabrać mnie dopiero rano. Pozwoliłem jej wybrać tę godzinę. Śmiała się z mojej zapobiegliwości, że coś się może stać i że lepiej, aby przyjechała wcześniej. Kpiła ze mnie, więc zrezygnowałem. I teraz mam za swoje. Dlaczego nie słucham swojej podświadomości? A może to mój wewnętrzny autosabotażysta się znowu odezwał? Dawno nie dawałem mu dojść do głosu, a teraz proszę! A może to wina teściowej? Po cholerę przyjeżdżała akurat w ten weekend? Kto normalny odpoczywa w mieście? A tym tłumaczyła swój przyjazd. Nic bym przy niej nie zrobił. Odpoczynek! Zrzędziłaby przez cały dzień, że chce wnuki i że powinniśmy więcej odpoczywać, jak chcemy mieć potomka. Odpoczywać! Odpoczynek jest dla leni!

W życiu to trzeba zapierdalać! Dobrze, że znalazłem ten kawałek papieru i długopis. Najgorsza była pierwsza godzina, gdy padł telefon. Dlaczego próbowałem się dodzwonić do szefa? Trzeba było zadzwonić po Julię, żeby po mnie przyjechała. Przez pierwsze pięć minut kląłem. Później miałem mordercze instynkty, które wyładowałem na dwóch pająkach. Później zapadła cisza.

Za oknem słychać było pracowity szum ulewy, ta nie próżnowała. Byłem uwięziony. Nie mogłem wyjść w swoich półbutach, były za drogie, jak na to błoto. Co mnie w ogóle podkusiło, żeby kiedyś kupić tę działkę? Ach tak, to było jeszcze wtedy, gdy miłowałem góry. Co mi z tego przyszło? Zawaliłem studia, jeżdżąc i chodząc po pagórkach. Później to nadrobiłem, ale moje CV nigdy już nie będzie wyglądać idealnie. Gdybym jeszcze skończył studia później z powodu pracy za granicą — to by miało sens. Ale góry? Nie lepiej oglądać je w albumach? Usiadłem i zacząłem obgryzać paznokcie. Tak jak i w pracy, w tym też byłem szybki. Dwadzieścia minut. Mój nowy rekord, jako że moje paznokcie były wyjątkowo twarde.

Od padnięcia komórki minęło pół godziny. Później myślałem, że zwariuję. Nic się nie działo, nic nie mogłem robić. Na szczęście znalazłem ten papier. Czym zająć się teraz? Opisać mój projekt na tym papierze? Nie przejdzie. To musi działać i być gotowe na jutro rano. Co mnie w ogóle podkusiło, żeby pracować w tej branży? Pieniądze dobre i mogę żyć na poziomie. Tej myśli muszę się trzymać. Góry szczęścia nie dadzą. Ani chleba. Ciekawe, co robi sąsiad w taki dzień? Pewnie mu telewizor przestał działać i się nudzi. Albo poszedł spać. Wyjrzę przez okno, może przestanie padać i jakoś dojdę do drogi. Tam złapię stopa i dojadę do domu. Wtedy skończę projekt. Tylko tych półbutów szkoda.

Mało zawału nie dostałem! Sąsiad siedzi na progu swojej drewnianej chałupy, ćmi fajkę i wydaje się zadowolony. Z czego on się cieszy? Z tego, co wiem, to kawaler bez żadnej edukacji i stałej pracy. Z czego on żyje? Gdyby nie był taki leniwy, to na pewno by mu się lepiej wiodło. Ale dla niego każdy dzień to pewnie niedziela i trudno się wtedy dorobić. Starałem się wymyślić plan awaryjny. Powinienem był to zrobić wcześniej, ale zwiódł mnie świat wielkiego miasta, gdzie prąd był czymś oczywistym.

Czuję się gorzej niż na odwyku od papierosów. Moje myśli krążą wokół przedmiotu uzależnienia — pracy. Co się stanie, gdy nie zjawię się z gotowym oprogramowaniem? Czy szef odsunie mnie od projektu? W firmie jest pełno młodych pracowników, dla których góry to jedynie przeszkoda do pokonania w grze planszowej. Szef należy do ich grona. Jest młodszy ode mnie o dziesięć lat i krążą słuchy, że pracuje dla organizacji rządowej, wyłapując luki w ich systemie zabezpieczeń. Czuję się czasami jak dinozaur w ich gronie. Staram się być na bieżąco z wszystkimi nowinkami naszego świata informatycznego, ale czasami wydaje mi się to nierealne. Może za dużo poświęcam czasu Julii?

Plan awaryjny. Znowu moje myśli schodzą na manowce. Iść szukać prądu? Gdzie? Do najbliższej wioski jest piętnaście kilometrów. W dwie strony to prawdziwa wyprawa. A może sąsiedzi mają generator prądu?

Poszedłem zapytać i za każdym razem słyszałem tylko, że bimbru nie pędzą i tylko czasami mają jakąś butelkę dla kogoś z rodziny. Buty mam całe w błocie, zajmę się ich oczyszczeniem, może w tym czasie włączą prąd.

Zasnąłem przy czyszczeniu butów. Na krześle, z butem w jednej i szmatką w drugiej ręce. Moja drzemka zajęła całą godzinę. Może to organizm tak postanowił, żebym nie zwariował?

Nadal nie ma prądu. Z nieba leje się woda. Czuję, że Julia jutro tutaj nie dotrze. Ja sam bym nie wjechał po takim błocie. Wyjść rano wcześniej do asfaltówki? Jest tylko jedna droga, nie możemy się rozminąć. No tak. Wygląda na to, że pogodziłem się już ze swoją porażką. Ale chyba szef zrozumie, co to znaczy „siła wyższa"? Najwyżej wytłumaczę mu na przykładzie gry komputerowej. Tylko jak? Game over? To mnie zwolni. Przejście na trudniejszy etap gry? Pomyśli, że chcę podwyżkę. Błąd systemu? Powie, że to ja zawaliłem, bo zamiast siedzieć w domu i kończyć projekt pojechałem w góry. Tam nikt nie jedzie, żeby pracować.

Sąsiad dalej siedzi na progu. Uśmiecha się do swoich myśli. Jest ubrany w stary, niebieski kombinezon roboczy, na to ma zarzuconą tanią, flanelową koszulę w kratę. Dopiero teraz zauważam, że jest gładko ogolony i ma krótko przystrzyżone włosy. Nie pasuje mi to do całości. I zaczyna denerwować bardziej niż brak prądu. To ostatni łatwo można wytłumaczyć, jego schludny wygląd mniej. Kombinezon jest czysty, koszula też. Jedynie na gumiakach widać sporo błota. Czym on się zajmuje w zwykłe dni? Postanowiłem pójść i zburzyć ten jego dobry humor. Może on nie wie, że za górami jest jakaś cywilizacja, że istnieje kebab z budki, a nie tylko ogórki kiszone do bimbru?

A jednak wie. Podobno jeździ co tydzień na ryneczek sprzedawać obrazki. Zapytał, czy nie chcę kupić. Powiedziałem, że nie lubię sztuki, nie chcąc mieć kolejnej propozycji kupna jelenia na rykowisku. Nie lubię też krytykować amatorów. Ale ten jego uśmieszek dobrego samopoczucia mnie wnerwił.

— Niech pan pokaże! — powiedziałem.

— Widoczek czy abstrakcja?

Abstrakcja. Wyobraziłem go sobie, jak chlusta farbą na płótno, nadzorując przy tym pędzenie bimbru. Oczywiście, nie w niedzielę. Przyniósł. Zatkało mnie. On nie dość, że znał zasady perspektywy, to jego widoczki wyglądały jak żywcem wyjęte ze świata fantasy.

— To może śliwowica? — zaproponował.

Będąc jeszcze w szoku skinąłem głową. Jak się okazało, sąsiad owszem nie miał wykształcenia kierunkowego w sztuce malarskiej. Był samoukiem. Z uśmiechem, widząc moje zaskoczenie, zaczął opowiadać o tym, jak śniły mu się poszczególne obrazy. Musiał chodzić do pracy w pobliskiej piekarni. Wypiekając chleb zastanawiał się nad każdym obrazem, a po powrocie do domu zaczynał malować. Zapominał wtedy o zmęczeniu, o tym, że powinien jeść i pić. Oczywiście, nie założył przez to rodziny.

— Ludzie je kupują? Nie jest panu ciężko rozstawać się z obrazami? — zapytałem.

— Czasami, gdy mi się jakiś spodoba, sprzedaję jego kopię. Oryginały trzymam w domu.

Spojrzałem z przerażeniem na jego drewnianą chałupę.

— Nie tutaj — wyjaśnił.

Okazało się, że to jego domek twórczy. Normalnie mieszka gdzie indziej. Wpatrywałem się jak sroka w gnat w jeden z obrazów. Przedstawiał scenę z dworca kolejowego, gdzieś z początków wynalezienia maszyn parowych.

— Podoba się panu? — wręczył mi obrazek i powiedział, że w żadnym wypadku nie przyjmie pieniędzy.

— Ale ja nawet nie wiem, jak się panu wynagrodzę — poczułem dług wdzięczności do spłacenia.

— Podarował mi pan coś bardziej cennego; swój czas.

Ocknąłem się. Śliwowica była już prawie wypita. I co najważniejsze, świeciło się światło w mojej chacie. Był już prąd.

— Tak, pan to nie ma czasu dla siebie — powiedział chłopina. — To widać. Niech pan leci, to musi być coś ważnego.

Wróciłem do siebie i teraz się zastanawiam. Czy faktycznie chcę całe swoje życie poświęcić pracy, której nie lubię, a która zajmuje mi kilkanaście godzin dziennie? Co opowiem w przyszłości swoim wnukom? Że dbałem o to, żeby formularze zwrotne do jakiejś firmy przychodziły w odpowiednim formacie? Przecież zawsze chciałem tworzyć gry komputerowe. Właśnie trafiłem na zdolnego artystę. A w głowie roiło mi się od pomysłów fabularnych. Chyba lepiej mówić po kilkunastu latach, że zrobiło się kultową grę komputerową, niż że zarabiałem ponad średnią krajową i mogłem przez to utrzymać rodzinę? Co na to powie Julia? I na co? Czyżbym już podjął jakąś decyzję?

„Przy niedzieli jeszcze nikt się nie dorobił!" — mruknąłem do siebie. Podłączyłem laptop i telefon do prądu. Niech się ładują. A ja odpocznę i przemyślę sprawę. Nawet na myślenie nie miałem czasu. Najwyższa pora to zmienić.

Awans

Po ostatnim ulewnym deszczu opadły wszystkie liście topoli w alei. Intensywny zapach liści przywoływał u większości spacerujących tamtędy osób wizję ciepłego kominka, gorącej herbaty, koca i książki. Ale nie u mnie. Zapalenie zatok sprawiało, że nie czułem większości oferowanych przez naturę o tej porze roku zapachów. Dodać należy, że latem miałem zawsze katar sienny, więc moje powonienie nie działało sprawnie także w innych miesiącach.

Oprócz problemów ze zmysłem węchu mam także astygmatyzm i wieczorem latarnie i światła uliczne w moich oczach zlewały się w plamy, niczym na obrazach impresjonistów. Nie noszę okularów. Łącznie z moim upodobaniem do swetrów w romby okulary nadawałyby mi wygląd zasuszonego archiwisty.

A nim właśnie byłem, pracując w urzędzie miasta. Większość sąsiadów zazdrościła mi tak zwanej „ciepłej posadki", nawet jeżeli zarabiali więcej ode mnie. „Jak już dostaniesz taką pracę, to możesz tam siedzieć do emerytury" — relacjonowali swoje poglądy na nudną pracę archiwisty, która w tych relacjach przybierała postać super posady. Zastanawiałem się, co powoduje takie łakomstwo na mało płatne urzędnicze stanowiska. Lenistwo? Strach przed zwolnieniem na zwykłym etacie i bezrobociem? Pewność, że w tej samej pracy spędzi się połowę życia, wykonując te same czynności?

— Od takich myśli o jednostajności zwariować można — myślałem.

Mimo oporów przed powtarzalnością działań, mój program dnia był bardzo schematyczny. Wstawałem, jadłem śniadanie i wychodziłem do pracy. Po pracy gotowałem obiad. Punktualnie o godzinie osiemnastej wychodziłem na spacer. Następnie uczyłem się języków obcych: angielskiego, francuskiego, nieudolnie dukałem też słówka chińskie. Po nauce pół godziny dziennie czytałem książki. Na sam koniec zabierałem się za pisanie pamiętnika. To zajęcie, nieco nietypowe, jak na mój wiek, płeć i stanowisko, podyktowane było ciągotami pisarskimi. Nie zamierzałem pozostać w roli archiwisty urzędu miasta do emerytury.

Pragnąłem napisać i wydać książkę. Udało mi się już napisać jedną powieść, ale niestety była to totalna grafomania, o czym poinformował mnie życzliwie recenzent. Początkowo oburzyłem się tą opinią. Jednak po roku przeczytałem wyrywkowo stronę powieści i musiałem przyznać recenzentowi rację. Aby ćwiczyć się w pisaniu, postanowiłem prowadzić dziennik. Opisywałem w nim relacje z kolegami w pracy, ważniejsze wydarzenia dnia, swoją walkę z nałogiem — próbowałem rzucić palenie, a także luźne refleksje na temat filozofii, przeczytanych książek, wydarzeń historycznych i politycznych.

Ostatnio najczęściej powtarzającym się słowem na stronach mojego dziennika był wyraz, który obijał się o moje uszy w biurze: „Awans!".

Mimo pozorów kontestacji mającego nastąpić wydarzenia, moje uszy wychwytywały wszystkie plotki. Nie wiązałem swojej przyszłości z tą pracą i stanowisko starszego archiwisty nie przedstawiało dla mnie dużej wartości, ale postanowiłem włączyć się do wyścigu szczurów. Wyższe stanowisko lepiej wygląda w CV, pieniądze też znacznie lepsze.

Dziennik Antoniego

23-11-2010

„Awanse, awanse!" — słyszę to słowo kilkaset razy dziennie. Wszyscy oszaleli! Przestali surfować po Internecie i udają wiernie oddanych swym obowiązkom pracowników. Jedynie plotkować nie mogą przestać. Wszyscy pracownicy w wydziale to kobiety, z wyjątkiem administratora, który lepiej by zrobił pracując jako supermodel. Zarobiłby więcej pieniędzy, a sytuacja w dziale też by się poprawiła, gdyby urzędniczki nie biegały co pięć minut do jego klitki pod pozorem bardzo ważnych spraw do załatwienia. Wracając do plotek — wiem pobieżnie wszystko o ich sąsiadach, o ich życiu małżeńskim,   pozamałżeńskim   i przedmałżeńskim.

Wszystko nieco skrzywione przez punkt widzenia zainteresowanych, dlatego trudno stwierdzić, co w tych relacjach jest obiektywną prawdą. Zresztą, czy obiektywna prawda istnieje? Są obiektywne fakty, ale jeśli dotyczą kilku różnych osób, to ich sposób odbioru wydarzeń różni się ze względu na ich charaktery, doświadczenia itp. Weźmy przykład pani Moniki, której mąż jest pracoholikiem, a raz w tygodniu wychodzi z kolegami na piwo. Załóżmy, że mężczyzna rzeczywiście ciężko pracuje i robi nadgodziny, aby zapewnić sobie awans i lepszą przyszłość rodzinie. Po całym tygodniu spotyka się z przyjacielem, aby dumnie pochwalić się swoim pracoholizmem w formie narzekania na czasy, kiedy to trzeba pracować więcej niż inni, żeby cokolwiek osiągnąć. Możliwe, że rozmawia też przelotnie z kobietami, mijając się z nimi przy barze. W oczach pani Moniki nieschematyczny rozkład pracy jej męża stanowi zagrożenie dla trwałości małżeństwa. Przy licznych nadgodzinach łatwo ukryć romans.

— A może on tak długo siedzi w tej pracy, bo się w kimś podkochuje? — analizowała pani Monika. I jakie są obiektywne fakty, gdy nikt z nas, łącznie z nią samą, nie wie, co naprawdę robi jej mąż? Nigdy się nie dowiemy zapewne, ale na kilka lat biuro ma zapewnione plotki o domniemanym romansie męża pani Moniki. Ona sama dba o to, zasypując kogoś co kilka tygodni zwierzeniami i swoimi wątpliwościami, które rozejdą się po urzędzie miasta jako niezbite fakty.

Moc plotek jest potężna. Niezależnie od tego, czy jej mąż ma romans, czy nie, z jednego wszyscy możemy się cieszyć — nie musimy robić nadgodzin!

30-10-2010

Aby dostać awans, trzeba być lepszym niż inni albo starać się, żeby inni go nie dostali — wtedy przypadnie w udziale nam. Jak jednak sabotować pracę pozostałych urzędniczek?

Długo się nad tym zastanawiałem i postanowiłem znaleźć coś, co tak je tak zaabsorbuje, że zapomną o swej pracy. Najpierw przyniosłem konspekty biur podróży, pod pozorem obmyślania własnego urlopu. Szybko zniknęły z mojego biurka. Urzędniczki sparowane w związki zaczęły obmyślać, jak nakłonić swoich partnerów do sfinansowania podróży i dostania urlopu w tym samym czasie. Singielki studiowały romantyczne zdjęcia Wenecji, marząc zapewne, że w podróży spotkają swojego wymarzonego kandydata na partnera.

Wakacyjne romanse! Jakiż w tym cel i urok? Wpadać do łóżka z dopiero co poznaną osobą, a po kilku dniach rozstawać się. Substytut związku. Wrócą zapewne kwitnące po takiej przygodzie, ich żądza akceptacji zostanie zaspokojona, ale przecież wciąż będą samotne. Już lepiej poznać kogoś przez Internet.

Tu nasunął mi się kolejny plan na ukierunkowanie myśli współpracownic w kierunku innym niż awanse czy praca. Przyniosłem wycinki o internetowych randkach i stronach specjalnie założonych w celu parowania osób. Zarzucałem tak sieci przez

171

tydzień, przynosząc na zmianę ulotki z biur podróży i wydruki o internetowych romansach. Muszę się pochwalić małym sukcesem. Jedna z najbardziej typowanych do awansu pracownic zaplanowała już swój urlop. Wybrała Maltę, ze względu na niską cenę wycieczki i wielkość państwa. — Tam na pewno się nie zgubię — żartowała — to nie jest tak wielkie, jak Afryka.

Pani ta od dawna marzyła o podróży do Tunezji albo Maroka, ale obawiała się, że zostanie porwana i wywieziona w głąb kontynentu, aby uczynić ją czyjąś nałożnicą. Cieszyłem się jej pogodą ducha i podnieceniem na myśl o wyjeździe, równocześnie zastanawiając się, czy złożony przez nią wniosek o urlop obniży jej szanse na awans.

01-11-2010

Postanowiłem zaszaleć.

Przekalkulowałem sobie wszystko i wiem, że mam marne szanse na awans. Ale przecież mogę zrobić innym pracownikom figiel. Drażni mnie ich nagły, udawany entuzjazm. Z biurek poznikały wszelkie osobiste rzeczy oraz nieład.

Co druga osoba kupiła różne organizery na akta, przybory biurowe i przychodzące dokumenty. Fikuśne bluzeczki zostały zastąpione przez stonowane kolory. Już nie ma na co rzucić okiem. Wszystko pozakrywane. Spódnice wydłużyły się o dobre dwadzieścia centymetrów. Taką moc ma awans!

Nie mogę już się skupić na nauce języków obcych. Moje myśli wciąż krążą wokół tego tematu. Jak popsuć im tę zabawę? Otóż wymyśliłem, że wydrukuję ulotki o niesłychanej promocji w dniu ogłoszenia, któż jest tą szczęśliwą osobą i dostanie pięćdziesiąt złotych podwyżki miesięcznie. Będzie mnie to kosztować kilkaset złotych, ale myślę, że nigdy bym sobie nie darował, gdybym im nie zrobił tego kawału. Trzeba sobie jakoś ubarwić życie archiwisty.

04-11-2010

Ulotki już gotowe. Czy ktoś by się nie skusił na telewizor w jednej trzeciej ceny z supermarketu? A wiem, że oglądają. Wybrałem godziny promocji na okres, kiedy najczęściej nasz kierownik pojawia się w pracy. Zapewne śpi on do dziesiątej, bo mieszka tuż obok urzędu, a pojawia się w nim pół godziny później. Promocja będzie trwać przez zaledwie pół godziny, co ma tłumaczyć niską cenę telewizorów.

Poinformowałem w materiałach reklamowych, że w tej cenie będzie tylko dziesięć sztuk. Ale za to jakich! Wypasionych tak, że całej rocznej premii z awansu by na nie nie wystarczyło. Zobaczymy, co wybiorą moje koleżanki z pracy.

Wciąż nie mogę się uczyć, tym razem podekscytowany swoim psikusem oraz wyobrażając sobie — niestety — możliwe konsekwencje mojego czynu. Ale raz się żyje.

10-11-2010

Dzisiaj dzień ogłoszenia, kto jest wybrankiem losu. Zbliża się godzina promocji. Pracownice nerwowo skubią wypielęgnowane paznokcie. Czy znalazły ulotki? Napięcie bardziej natężone niż w przewodach elektrycznych. Nie mogłem wytrzymać i postanowiłem wyjść na papierosa, informując o tym grzecznie koleżanki, co zawsze czyniłem, chociaż wiedziałem, że raczej nie zauważają mojej obecności ani chwilowych nieobecności. Tym razem moja informacja wywołała lament.

— Gdzie idziesz? — wrzasnęła jedna. — Po telewizor? — Nie oglądam telewizji.

— Taak. W takim razie posiedź jeszcze trochę tutaj, a my wyskoczymy na papieroska pierwsze.

— Przecież nie palicie? — zdziwiłem się.

— Co tam stary kawaler może wiedzieć o kobietach — usłyszałem w odpowiedzi.

„O wy zdziry!" — Pomyślałem. „Chciałbym widzieć wasze miny przy kasie w tym sklepie." Uspokojony tą myślą, usiadłem na swoim krześle.

— Ależ z ciebie safanduła! — dobiegł mnie jeszcze komentarz.

Pięć minut później pojawił się kierownik, w swoim uroczystym krawacie koloru różowego, który zakładał tylko na specjalne okazje. Minę również miał uroczystą, dopóki nie dostrzegł nieobecności pań.

— Chciałem zwołać zebranie... Ale widzę, że nie ma nikogo.

— Jak nie ma nikogo, to do kogo pan mówi? — Odgryzłem się.

Kierownik odchrząknął i spojrzał na mnie z ukosa. Miałem rację. Ten awans nie był dla mnie.

— To gdzie wywiało nasze koleżanki? — Zainteresował się kierownik.

— Telewizory rzucili po 100 złotych, ale tylko dziesięć sztuk.

— No tak. Przejdę się tam. Ktoś musi nasze drogie koleżanki uratować z ferworu zakupów, prawda? — Roześmiał się. — Ale co pan może o tym wiedzieć...

— Zapewne nic — przytaknąłem, jednocześnie uświadamiając sobie, że dobrze zrobiłem, inwestując pieniądze w ulotki. Nigdy się nie dowiedzą, a ja będę mieć satysfakcję.

12-11-2010

A jednak dowiedzieli się. Nie mam awansu, ba! nawet nie mam pracy. Rozzłoszczony kierownik, podjudzony przez pracownice, zrobił mi mały audyt, w takcie którego znalazł zapomnianą fakturę za druk ulotek.

Zapisałem się do Urzędu Pracy. Czuję, że otwiera się nowy rozdział w moim życiu. Dostanę zasiłek i mam zamiar w tym czasie napisać powieść mojego życia